幸福的計算法

——都市文化心态

陈 益 著

学林出版社

目　录

神色

话语

目光

脚步

神　色

SHEN　SE

鲲鹏的居所

这些年曾参与修复几处明清建筑，对古宅的规程也算有所了解，但走进有“江南第一豪宅”之称的钦使第，依然吃了一惊。这座位于无锡旧城区，临近孔庙、学宫的宅院，前窄后宽，装饰也很普通，难以与“薛半城”的称号相衬。可假使从空中俯瞰，“凸”字形的建筑群却气势宏阔，犹如一只硕大的鲲鹏振翅飞翔，形象地演绎着庄子的名句：“鹏之奋翼、水击三千里”，“翼运则将徙于南溟”。

一个世纪前，薛福成亲自设计了蓝图，并让长子翼运（字南溟）负责建造这座官邸。全部的含义，或许如恩师曾国藩手书的抱柱对联所说：“句里江山随指顾，堂前水木湛清华。”对联的复制品，至今仍悬挂在官邸的“西轺堂”内。轺，是古代使官所乘坐的马车，这位出使西欧四国的清代外交官用“西轺”作堂名，十分恰切。然而谁也不会想到，清光绪二十年（1894 年）当钦使第落成时，刚刚任满回国的薛福成，乘船途经香港时染上疾病，抵达上海没多久，便病逝在酷暑的一个深夜里。精心构筑的钦使第，迎来的竟是主人的灵柩！

但无论如何，这是鲲鹏的居所。

你看，门厅、轿厅、正厅、后堂楼、后花园、西式弹子房、戏台、佛堂……所有气势不凡的建筑，依照中轴线和两翼，安排得错落有致。官邸不尽是传统手法，而是显现西风东渐的特征。谁都知道，从明洪武年间至清代，朝廷对住宅的规制是很严格的，二品以上的官员不得超过五间，进深不得超过九架。钦使第的规模却远远超过了标准。原来，在轿厅、正厅这两进最引人注目的厅堂内，悄然采取对剖双排的独特做法，将九间大厅变成了相对分开的三个厅堂。这，其实也体现了薛福成多面的性格。他既要达到目的，又不想因为超过规制带来政治上的麻烦，那么必须采取巧妙灵活的方式。从中，我们不难看出他的外交才能和敢于打破常规束缚的精神。正厅务本堂内翁同龢的对联："每临大事有静气，不信今时无古贤"，恐怕不全是溢美之词吧？

眼下也是酷暑，挥汗走进钦使第的人很少。恰好让我屏息静气地观察这里的一切陈设，并为之思索。逝者如水，岁月不再，承载过历史的外壳是按照今人的想象修复的。某些簇新的匾额、门窗、隔栅，以及功利性过强的文字图版，显露着修葺中的败笔。但，一个多世纪前的建筑，抖落厚厚的风霜，终究让人感受到薛家父子的精魂依附于此的痕迹。无论是用眼光触摸，还是用脚步丈量，百年钦使第留给后人的，早已不是物化的建构……

有新闻媒体披露，钦使第修缮时，从花厅后廊残存的墙体中发现了16块细砖飞金的字牌，字体粗壮、雄浑、秀丽。经文博专家排列，构成了一副"采办中外呢绒绸锻顾绣运输欧美洋货"的金字招牌。原来，花园客厅是薛家当年从事国际商贸的所在。金字招牌显示了薛福成之子薛南溟的经营范围。

是的，钦使第让我深感兴趣的不是作为官邸，恰恰是作为工商会所的功能。薛福成钦命出使英、法、意、比四国，孕育出工商救国的理念，长子南溟和孙子寿萱则秉承他的意志，抱着崇高的理想，不辞艰辛地创办实业，从家乡无锡起步，迅速走向上海、苏杭，乃至欧美诸国，经历了常人难以想象的兴盛与衰落的过程。阖目想想吧，20 世纪 20 年代，这个商贾云集、名流往来的地方，是何等的热闹！如今，钦使第中仍有薛氏企业的产品陈列，有用于薛家永泰丝厂的中国最早的新式立缫机，有美国纽约办事处场景复原，有薛南溟参加国际丝绸博览会的图片……尽管摆放在宅院的一翼，未免侧偏，却是百年老屋鲜活的灵魂。

这里孕育了闻名天下的“丝蚕大王”，萌生了被誉为“纤维王皇后桂冠上的明珠”的世界名牌，催发了广通五洋的国际贸易和物流业，中国最初的商品经济在这座宅院里顽强滋长，引起各国洋商的瞩目，这不是十分耐人寻味吗？

薛福成似乎很早就对“经以致用”感兴趣。清同治四年（1865 年）夏，两江总督曾国藩北上镇压捻军，沿途张榜招贤。放弃了八股取仕这一晋升之阶的他，闻讯以后，写下了洋洋万言的《上曾侯书》，前往行辕拜谒曾国藩。曾国藩读罢，不由击节赞叹，深为薛福成所言改科举、裁绿营、师夷法的主张所吸引，迅即延聘薛福成入幕。在曾国藩幕府的八年中，薛福成学养大进。他不时呈上一些改革时弊的策文，颇为曾国藩所器重。

后来，直隶总督李鸿章也为薛福成的才能所折服。薛福成写了反映自己洋务思想的《筹洋刍议》一书，认为中国已到了非要进行大变法、实行洋务不可的地步了。李鸿章把这部书印发给下属，要求他们都认真读一读。薛福成主张发展工商业，“夺外利以润吾民”。并提出了反不平等条约、防日俄入侵、改革关税等主张。在署直隶宣化府时，他提出了对未来北洋海军的构想。这正是李鸿章建立北洋海军的缘起。

清光绪十四年(1888年)秋,薛福成升任湖南按察使。翌年初春进京陛见时,被改派为出使英、法、意、比大臣。在驻欧使节任内,他走访了欧洲许多国家,考察工业发展情况,并详细研究了欧洲的政治、军事、教育、法律、财经等制度,将四年间的所闻所思,详尽地作了日记。随着视野的开阔,思想也不断改变。他认为西方的富强已百倍于中国,中国应不懈地师法西方,"求新法以致富强"、"选贤能以任庶事"、"造机器以便制造"。他将西方国家的成功经验,概括为"养民新法"二十一条,不仅涉及资本主义生产、管理、流通的各个方面,也涉及促进和保证近代化工矿、交通、商贸、农垦各业发展的货币金融、报馆信息、科学研究、关口税收等各项相关事业的兴革。

清光绪十六年春闰二月,身为使臣的薛福成在法国巴黎游览了蜡人馆,随即又与翻译一起参观油画院,欣赏那幅普法交战图。他在文章中说:"……余闻法人好胜,何以自绘败状,令人丧气若此?译者曰,所以昭炯戒,激众愤,图报复也。则其意深长矣。"这段文字不难翻译:我听说法国人好胜,为什么自己画自己的战败的惨状,使人如此丧气?翻译回答,这是用来昭示明显的警戒,激发法国人的义愤,图谋报复啊。这样,它的含义就很深长了。

薛福成怎能不联想到为列强欺凌的中国人呢?

倡导变法、厉行维新、主张洋务、实业报国……这样的念头在他心中越来越明析,也越来越强烈。

显然是因与前人迥然而异的视角,薛福成对因人口激增而导致生产资料的匮乏、百姓生活艰难而忧虑,但他不仅为中国忧,而且为整个世界忧。"余于是知宇宙间开辟日久,人民日多,攻取日繁,千万年后必有销竭之时……彼时物产精华,中外并耗,又将如何?此余所以不能不为地球抱杞人之忧也”。

他的“补偏救弊之术”，其中最重要的是导民生财。导民生财的途径有二。其一，“余观西洋用机器各厂，皆能养贫民数千人，或数万人”。中国应该大力发展机器工业，扩大贫民就业机会。其二，“夫开一矿，仰食者不下数万人或数千人。果能养数万人，是不啻得十万亩良田也，能养数千人，是不啻得一万亩良田也”。中国应该大力发展采矿业。他还主张修建铁路，因为这不但需要“有驾驶之人，有修路之工，有巡瞭之丁，有上下货物、伺候旅客之杂役”，铁路沿线还可以增设旅店等，“故有铁路一二千里，而民之依以谋生者，当不下数十万人。况煤铁等矿由此大开，贫民之自食其力者，更不可数计”，实在是“天地之美利，国家之大利也”。

这些坚硬的道理，用今天的目光看，似乎平淡、平实而又平易，谁也不会怀疑其正确。然而在当时，却需要超凡的眼光和过人的胆量。历来冲决世事沉闷的振聋发聩，都是要付出代价的。即使是在政治风浪里搏击多年，具备超越常人意志的曾国藩，也含泪写下“宦海情怀蝉翼薄，离人心绪茧丝团”这样的诗句……

炎阳似火的夏日，四周一派静谧。尘世间的一切喧嚣都阻隔在风火墙外。我穿过边廊，走向后宅的惠然堂。就在这一瞬间，恍然感受到，在钦使从未住过的钦使第，有一脉精魂始终盘旋于黛瓦粉墙、楼阁亭榭之间。

那，是鲲鹏的精魂啊。

鲁迅的那撇胡子

对于我们那一代人，鲁迅是神圣而不可替代的。记得在穷困而偏僻的水乡插队时，我身边只带着一本《鲁迅诗歌选》，雨天不能出工，就躲在平瓦小屋里默颂“灵台无计逃神矢……我以我血荐轩辕”。冬天寒风彻骨，湖面膏封，洗脸的毛巾如冰片一般，床上仅有薄薄的棉被，心里却始终有火焰在燃烧。

《鲁迅诗歌选》是从学校图书馆偷的。1968 年春夏之交，有很多天，我和一个伙伴撬开钉子，从窗户爬进图书馆，像饿鬼趴在面包堆上似的，在光线暗淡的库房里贪婪地看书，常常忘了夜幕早已降临，也根本听不见母亲充满焦灼的呼唤声。我喜欢鲁迅描绘的书声朗朗的三味书屋、隐藏无数小生灵的百草园和氤氲着蚕豆花清香的社戏舞台，喜欢他笔下的闰土、阿 Q、祥林嫂、寿镜吾以及那个从长衫袖子里排出八文大钱，唠叨“多乎哉，不多也”的孔乙己。说实话，我也很崇拜他那撇浓黑的胡子。那时候雪花一般飞舞的传单上，有一幅木刻的鲁迅肖像，最引人注目的就是一撇胡子。我用蜡纸罩住，一笔笔描画，然后放在钢板上细细刻成，再双色套印——肖像是黑色的，他的手迹“横眉冷对千夫指，俯首甘为孺子牛”则是红色的，一口气印刷几百份，蜡纸仍然不破裂。

这很令人自豪。

也许正是因为太喜欢那撇胡子，我才去偷了《鲁迅诗歌选》。这本书的封面上，恰好有鲁迅的木刻肖像。把书藏在旧棉袄里时，我不无调侃地说："窃书不算偷。"这是鲁迅笔下的那个孔乙己说的话。

失去了高考的机会，去乡下插队，连值得一读的闲书也非常稀罕。这样的生活已不堪回首。当时有人拿出一本美国翻译小说《短暂一生中的漫长一天》，扉页上也盖着学校图书馆蓝色的藏书章。大家轮流看，几乎翻烂了。这本厚厚的书终于被拆开，变成手纸。但每一页都是认真读过后，才改变用途的。

惟独《鲁迅诗歌选》保存至今。在我的几千册藏书中，它的装帧很普通，纸页也泛黄了，如果不是为了勾起某些记忆，我也很少翻阅。但它始终在书橱中正襟危坐。有时，我凝视着鲁迅的木刻肖像，心想，先生这一撇浓黑的胡须，被人比喻为隶书的"一"字，形神兼备地体现了他刚强的斗士性格和文化人的威严，不可取代，不可亵渎。他的身材不魁梧，是仅有一米六十一的矮个子，然而这浓黑的一撇胡子与睿智的额角、棱角分明的颧骨、深邃锐利的眼睛所构筑的男子汉气概，却让很多道貌岸然的人显出卑下来。

鲁迅曾在他的杂文集《坟》中，收录过一篇《说胡须》，解释这一撇胡子的由来。鲁迅留过几种式样的胡须，其中两端上翘的式样是留得最长的。在从日本回国的途中，有人竟从胡子误认为他是日本人。他在很多方面确实受到了日本作家夏目漱石的影响，包括说话的神情、口气乃至上唇的两撇胡子，被人说是夏目漱石式的。鲁迅想为自己辩白，却无济于事。他在记录1924年夏天去西安演讲，参观孔庙时的情景时说："……有历代帝王像，其中有一张是宋太祖或是什么宗，我也记不清楚了，总之是穿一件长袍，而胡子向上翘起的。于是一位名士就毅然决然地说：'这都是日本人假造的，你看这胡子就是日本式的胡子。'"胡子的式样竟然也要上升到爱国主义。鲁迅联系到自己胡须的遭遇，有感而发，追溯翘胡须的根源，写下了这篇《说胡须》。并且在胡子长了之后，决然修剪了上翘的两端，"我不知道是否因为寻不着两个尖端，所以失了立论的根据，还是我的胡子'这样'之后，就不负中国存亡的责任了。总之我从此太平无事的一直到现在。"

鲁迅后来一直留着这样的胡子，既不是两端上翘的，也不是两撇尖角下垂的，而是浓黑如隶书的"一"字型。胡子于是成为他形象的标志。这是他留给后世不可或缺的东西。

鲁迅先生在世时必然没有想到，自己的留着一撇浓黑胡须的肖像，会被后人赋予政治意味，继而成为一种神圣的思想载体。当然还有他大量的如投枪匕首一般的杂文。鲁迅本来是一个彻底的无神论者，他反对被神化，把命运看得比任何人都透彻，但在他离开了这个世界后，在很长一段时间内，还是被某些人神化了。接着又被物化、商标化，连茴香豆和臭豆腐都姓了鲁。鲁迅的孙子发现，故乡绍兴的商人为了推销产品，竟痴心妄想，将鲁迅肖像手里的香烟，换成了一长串油炸臭豆腐，并且标上"一臭万年"的广告词。还大言不惭地说，这是为鲁迅作形象广告。金钱的魔力逼迫着人们将智慧发挥到了极致。凭周氏后裔的力量已难以阻拦，只能诉诸法律。他的无奈，激起一个时代的喟叹。

巴金说，鲁迅只是一个瘦小的思想老人。是的，鲁迅首先是思想家，其次才是文学家。他弃医从文，以生命的傲骨呐喊，向社会的痈疽开刀，"我以我血荐轩辕"，目的正是要改造国民性弱点，让当时的人们痛彻地认识到，中国的科技不如人、制度不如人、文化不如人、人不如人……但,绝不是金钱不如人。

一个伟大的灵魂入睡了,他写过的文章、说过的话振聋发聩,可是别人不当真。哪怕是很多以读鲁迅自诩的人,也仅仅是拉大旗作虎皮,与先生深邃的灵魂十分隔膜。先生又该如何扬起浓黑的"一"字胡子说"由他们怨恨去,我一个也不宽恕"?

有时我傻想,假如他不弃医从文,世界上或许就有名医周树人而没有思想家鲁迅了,没有那些总是抨击传统文化、改造国民性弱点的文字,他大概不会留那撇"一"字胡子,也不至于在知天命之年,就患病匆匆离开人世。然而,我们的文坛、我们的生活将十分寂寞,无从"于无声处听惊雷"了。所以,鲁迅的那一撇胡子显然不只是具有生物学上的价值。

费孝通留学英伦时的佚诗

惠海鸣先生访英归来，赠我一件难得的礼物——他的导师费孝通教授当年留学英国时写下的两首七绝手迹影印件。他说，在位于伦敦市中心，离泰晤士河不远的伦敦经济学院，那间典雅的会议室内，至今还挂着费老六十一年前的作品。而国内尚未看到这两首诗以及有关评论的发表。诗写在一张不过笔记本大小的纸上，颜色已经发黄。诗前还有小序：

1938 年初夏应傅师邀，来桑谷村住壑兰别墅。土墙茅屋，一若身返江左，遥望冈原起伏，牛羊点点，岂信英伦南隅犹留得此古乡也。即景口占二绝，不足言诗，聊注鸿爪之意耳。孝通注。

嚣喧轮尘客是身，南英偷得桑谷村。
阴晴有似黄梅雨，湿路轻传过马声。
闲话西东客在轩，晚来笑语隔邻院。
东园豆熟须防兔，万里村流水有源。

从 1987 年起成为费孝通教授的博士研究生，攻读社会学的惠海鸣告诉我，这是他看到的先生最早的手迹，写得很用心，有些像《灵飞经》小楷。先生的字早年是用过功的，与其舅舅杨千里的字很像。

小序中提到的“傅师”，是指费孝通在伦敦经济学院人类学系的导师弗斯（Firth）。

1935 年费孝通在清华大学毕业后，取得了公费留学的资格。他的导师史国禄教授建议他在出国前到少数民族地区实地考察一年。于是他与妻子王同惠奔赴广西大瑶山。谁也没有想到，那年冬天，由于迷路失事，妻子不幸身亡，他也受了伤。经医治后，他于第二年暑期返乡休息。在此其间，接受姐姐费达生的建议，去吴江县庙港乡开弦弓村考察。整整考察了一个多月，直到出国之前才离开那儿。

去英国留学，他乘坐的是一艘意大利的白公爵号邮轮，从上海到威尼斯有两个多星期的航程。在船上他静心地将开弦弓村调查的资料整理成篇，并为该村起了个学名叫“江村”。到了伦敦经济学院，最初指导他的便是人类学系教授 Firth 博士。他看了费孝通已经整理成文的材料，主张论文以“江村经济”为题。不久，人类学系教授 Malinowski（马林诺斯基）从美国讲学归来，直接指导他编写这篇论文。论文中主要的几章都是在有名的“今天的人类学”讨论班上宣读、讨论、修改过的。1938 年春季，费孝通的论文通过答辩，被授予博士学位。博士证明书上所表明的论文题目是《开弦弓，一个中国农村的经济生活》。

1981 年费孝通为接受英国皇家人类学会的赫胥黎纪念奖章，重访英国，逗留了半个多月。他专门去拜访了当年的老师弗斯。弗斯已经 81 岁，封了爵位，在上议院里有他的席位。但是这位人类学教授仍每年要出一本书，即将出版的是一本有关他早年调查过的大洋洲一个民族的字典，费孝通称赞这是“硬功夫”。

桑谷村是位于伦敦南郊的一个风景秀丽的乡村。年仅28岁的费孝通应导师弗斯之邀来到蟹兰别墅，却为附近的土墙茅屋和霏霏细雨勾起了强烈的思乡之情。他把桑谷村与心中的“江村”紧紧地连在了一起。负笈英伦，遇到了世界著名的社会学家马师（马林诺斯基）、傅师（弗斯），经过两年的潜心研究，终于如愿以偿获得了博士学位，他不能不感到心潮起伏。“回想起来，我师事马林诺斯基教授为时不久，只有两年，从1936年到1938年。我就教于他的门下并非偶然，实有我内在原因”。这个原因是“觉悟到不解决民族和国家的前途问题也就谈不上个人的出路……开始认识到必须对我们所生存在其中的中国社会有清楚的理解，因而要求摸索出一条科学地研究中国社会的道路”（费孝通《民族与社会》）。他的老师主张到活生生的人类社会去研究人类社会，很早就闻名于世。费孝通不远千里前往求教，并将马林诺斯基的研究方法运用于中国社会，取得了很大的成功。他深刻剖析江村经济，不是就村论村，把这个村作为功能分析的标本，而是力图透过江村了解中国社会。同时他还分析中国各地不同类型的农村，用比较方法逐步从局部走向整体。随着社会发展，费孝通教授的研究思想也不断发展。他从40年代的城乡关系研究，发展到八九十年代的小城镇建设问题，从黄河上游多民族开发区研究，发展到长江三角洲开发问题的研究。即使年事渐高，他仍奔走于大江南北，从未停止过自己的步履。

1986年6月，费孝通教授访问西欧四国，又一次来到伦敦。国会大厦的墙面经过了清洗，但塔顶的“大本”仍然按时发出悠扬的钟声。他走进母校LSE的门口时，看到门右边那个当年留学时常去用餐的小店，门面依旧，更是十分惊喜。在离开英伦三岛的旅途上，他按捺不住地写下了一首《英伦曲》：

纵笔天下不知艰，负笈西游一少年。
名师一代风骚著，后学五洲衣钵穿。
……
芳草茵茵年年绿，往事重重阵阵烟。
皓首低回有所思，纸尽才疏诗半篇。

将《英伦曲》与他1938年的"即景口占二绝"一起吟读，令人不能不为社会和人生的变迁发出深深的感慨。

陈逸飞首日封画了哪座桥

在古镇周庄，每个导游都会说，画家陈逸飞一幅以双桥为主题的油画，印上联合国邮局发行的首日封，引起世人瞩目，周庄从此走向了世界。从1985年初到现在，二十几年中只有极少数人见到过这枚首日封，媒体也不再予以关注。然而，事实并非如此，首日封上画的是古镇锦溪一座石拱桥。这笔"冤假错案"，始作俑者却是我。

1985年元旦，我当时在昆山广播电视剧从事新闻工作，在新年联欢会上，遇见了文管会的程振旅先生。他告诉我，陈逸飞一幅描绘周庄双桥的油画《故乡的回忆》，由美国石油大王阿曼德·哈默收购。哈默在去年秋天访华时，赠送给了邓小平同志。随即，这幅油画经作者加工，印上了1985年世界联合国协会的首日封。

程振旅先生是一位资深文化工作者，以热心肠著称。1983年春，自费留学美国的陈逸飞通过上海美术学校（现为上海大学美术学院）校长孟光，与昆山文化界的朋友联系，去水乡古镇写生，由程振旅全程陪同。当时昆山至锦溪、周庄的公路尚未筑通，只能走漫长的水路。程振旅向昆山航道站商借了一条小轮船，在六七天时间里，陪着陈逸飞一路经用直、锦溪（当时称陈墓），到达周庄。陈逸飞没有采用画家们常用的在画板上写生的办法，而是用把感兴趣的景物拍摄下来，带回画室，再进行创作。他带了满满一挎包柯达胶卷，不停地揿着快门。锦溪和周庄都是南宋时期兴盛起来的水乡古镇，保存着众多的明清建筑，远离都市喧嚣的旖旎风情更是令人入迷。陈逸飞久久盘桓，拍完了胶卷才依依不舍地离去。《故乡的回忆》就是这次水乡之行的收获。

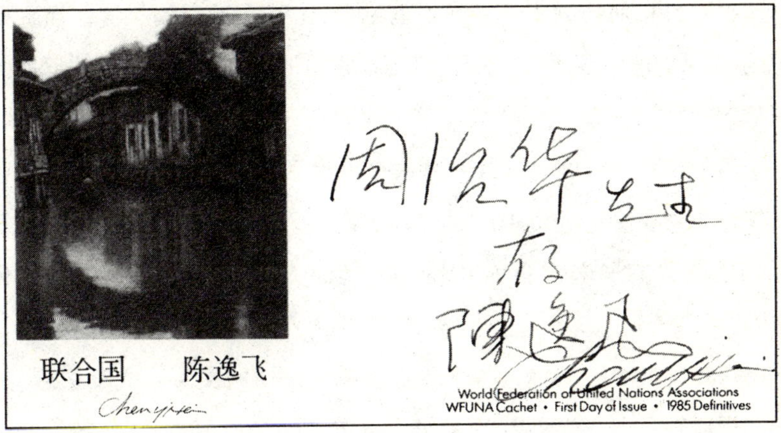

陈逸飞首日封

1984 年冬天，陈逸飞从美国回上海，程振旅先生又陪他去水乡古镇写生。在这之前，1984 年 10 月 29 日晚上，在灯火辉煌的纽约哈默画廊，五百多位来宾欢聚一堂，祝贺 38 岁的青年画家第二次在哈默画廊举办画展，各界对陈逸飞作品作出了极高的评价。哈默画廊为美国西方石油公司董事长阿曼德 · 哈默所有，在美国很有影响，主要收藏和展出世界各国著名画家的作品。画廊与陈逸飞签订合同，从 1983 年到 1985 年的三年内，在每年的“黄金十月”为他举办画展。这充分体现了画廊主持者对陈逸飞作品的尊重和推崇。

根据程振旅先生提供的情况，我凭着职业敏感，第二天就向省市新闻单位发出了消息。《新华日报》没几天就见报了。《苏州报》也想发，编辑专门打电话给我，问油画送给邓小平一事是否确凿，能不能核实？因为消息来源是辗转而来的，我难以回答。

不久，消息就得到了证实。陈逸飞从美国寄来了一张16吋的彩色照片。照片是由一位美国的记者拍摄的，角度选择得很好，也很清晰。邓小平同志和阿曼德·哈默面对面站着，正亲切地交谈。装在油画框里的《故乡的回忆》，画的是周庄双桥，放在他们身旁，几乎占了照片的三分之一。

若干年后，余秋雨教授评价说，是陈逸飞使周庄成为一种符号，让海外企业家在决定投资中国之前，先接受了中国的美丽。哈默先生之所以把逸飞的画送给邓小平，是在向邓小平解释他前来投资的文化原因。

1985年初，上海《青年报》刊载了署名朱望的文章。文章透露，陈逸飞画展的三十八幅作品，全部被人买走，其中《弹琴的女郎》售价高达三万八千美元，同时有六人要买。他所取得的艺术成就，不但在留美的中国画家中是突出的，许多美国艺术家也只能望洋兴叹。陈逸飞想告诉西方人，中国人不只会画传统的中国画，画起西画来也有自己的理解和特色，不比西方人差。他达到了自己的目的。

文章还说，陈逸飞1983第一次在哈默画廊的画展，共展出作品四十三幅，除一幅非卖品外，全部被买走，其中订价一万八千美元的《女大提琴手》被画廊主人哈默本人收藏。1984年秋天哈默访华，赠给邓小平同志的礼品，同样是哈默本人收藏的陈逸飞的《家乡的回忆》。《家乡的回忆》是画家1983年在古镇周庄双桥的写生所得。从文章可以看出，这幅再现周庄小桥、流水、人家旖旎景色的油画，当是他第一次在哈默画廊展览的四十三幅作品之一，而不是后来许多文章说的第二次画展的三十八幅作品之一。

1985 年 5 月 14 日，《文汇报》刊发驻联合国记者的一则消息说："联合国邮局每年发行 6 组邮票，世界联合国协会每年从各国优秀画家中遴选 6 人，请他们自行设计并绘制精美的图案，作为每组邮票的首日封。中国青年画家陈逸飞以卓有成效的努力获得了这项殊荣。他的油画经加工后，印上世界联合国协会首日封，从 5 月 10 日起在纽约联合国总部和维也纳的联合国机构公开发售，受到欢迎。"

文化传媒使古镇周庄声誉鹊起。意欲一睹双桥风采的游客，源源不断地涌往周庄。周庄人无不以骄傲的口吻提起陈逸飞与油画双桥、首日封。更有无数美术院校的学生前去双桥写生，但愿将来成为陈逸飞第二。

1990 年 11 月，陈逸飞回到上海，参加其大型画册的首发式。16 日，他又一次去往周庄。同行者有旅美画家王英浩，作家陈丹燕、张锡昌和日本翻译家中由美子等。我刚刚调到昆山市文化局工作，也参与了接待。为了报答周庄的盛情，陈逸飞特意带来了一枚首日封，在沈厅赠送给周庄镇镇长庄春地，还挥笔题词"我爱周庄"。

这时候，我和庄春地才见到了这枚知名度很高的首日封。我惊异地发现，画面上并非双桥，竟是另一座桥——古镇锦溪的南塘桥。也就是说，五年前我写的新闻稿，其中有一个关键内容与事实不符。

南塘桥，又称里和桥，是锦溪镇古桥的代表，始建于南宋，明清时期做过维修，武康岩和青石的构件至今仍很完整。在陈逸飞的油画里，蓝天、绿树、石桥和临水民居相互映衬，自然和谐。水上的拱桥与水中的倒影连接起来，恰好构成了一轮满月。

锦溪南塘桥

当时我就萌生一个念头,再认真写一篇文章,以澄清事实。然而考虑到五年前写的消息已尽人皆知,一旦纠错,或许会对古镇周庄产生负面影响,便把事情搁置了,这一搁就是二十四年。

在这个期间,陈逸飞每年都去周庄参加各种活动,乃至把自己的精魂——“逸飞之家”也安放在了周庄。作为浪漫主义的写实派画家,关于首日封上的油画,他有一个机智的解释:“我画的是江南古桥。你可以说它像什么桥,也可以说它不像什么桥。”显然,在他心目中,周庄、锦溪、甪直、同里、乌镇……不分彼此。所有的水乡古镇都是“故乡的回忆”。

钱君匋先生二三事

我和画家张省是同乡，从他20世纪80年代起步办画展，就关注他的创作，写了不少文章，后来又出版了《神笔墨意——画家张省写真》。经由他的介绍，结识了仰慕已久的钱君匋先生。在中国，很少有人像钱君匋那样，一生中有76年勤奋从事艺术创作，在书籍装帧、音乐、新诗、散文、书法、绘画、篆刻、艺术理论以及教育、编辑、出版、收藏等诸多领域都取得丰硕的成果。二三十年代，钱君匋便与鲁迅、茅盾、巴金、郁达夫、叶圣陶、郑振铎等人密切合作，他为这些作家设计的封面，在出版界赢得了很高的声誉。他创作的新诗和散文，在现代文学史上也有重要的地位。

钱老的子女大都不在国内，而且没有一个是继承父业的，只有侄子钱金绪从新疆退休回上海后，抽时间来照顾他。后来张省拜他为师，一起切磋艺术，探讨问题，并陪伴他外出参加艺术活动，这让钱老感到很满意。张省住在昆山，与上海距离很近，有什么不明白的事情，就立即赶往上海，向钱老请教。钱老在艺术界名声很大，却没有架子，十分平易近人。他很欣赏张省的勤奋和颖悟，也看到这位学生的不足，十分耐心地指点他，应该如何作水墨画题签，如何盖印章，如何巧妙地布局用色。

有一次，钱老应广州市某部门领导的邀请，前去作画。钱老让张省陪同。到了那儿，邀请单位安排他们住进了流花宾馆，热情接待。谁知老人刚刚住下来，就发现身体不适，便秘不畅。这是年纪大的人常常会出现的毛病。张省连忙请医生来诊治，可是医生没有更好的办法，只能配了“开塞露”，让他试试。老人使用了“开塞露”以后，仍然不能减轻便秘的痛苦。张省义不容辞地承担起了护士的职责。当老人有了便意，却又心有余而力不足的时候，他连眉头都不皱一皱，立即走上前去，用手指帮助老人把大便一点点抠出来。有时候抠上半个多小时，才算大功告成，看到老人脸上露出舒畅的神色，张省心里也感到非常高兴。

一天，广州市的一位领导请钱老吃饭。宴席上有一道大烤鹅掌，服务小姐给每位客人一只塑料手套，让大家抓鹅掌用。张省心里一动，悄悄地把塑料手套收好，放进了口袋，谁知被旁边的客人看见了，不理解这究竟为什么，问他：“怎么，你想用来练指画呀？”

张省不便多讲，含糊其词地点点头：“对，对，我正在学指画……”

坐在一旁的钱老却忍不住大笑起来：“他哪儿是学指画，是准备晚上帮助我解决一个大问题啊！”

1997 年夏天，张省随钱老一起去新加坡举办画展。他们在乌节坊展出了钱老晚年的代表作，并且和新加坡先驱画家刘抗结成了好朋友。刘抗是福建永春人，30 年代初曾在上海美专执教，也会说几句上海话。他说，一生中对他影响最大的有两个人，一个是刘海粟，另一个就是傅雷。1928 年他留学法国，与傅雷在一个宿舍里住了三年。傅雷在艺术上的许多深刻见解，常常给他带来启示。

画展开幕的前一天，一位名叫周奕民的先生，特地从马来西亚开车来到新加坡的乌节坊展览厅，请中国客人吃饭。他是钱君匋先生的好朋友，钱老每次到新加坡进行艺术交流，都受到他的热情接待。周先生早年毕业于南洋艺术学院，对西洋画有较深的造诣。马来西亚零吉（纸币）上的一种图案，就是由他设计的。他说，自己年轻时很想当艺术家，可是没有钱。有一位亲戚是大老板，常常讥笑他。于是他一赌气，也去赚钱，创办了一家国际旅行社。后来生意越做越大，新加坡和马来西亚的国际旅行机票，有很大份额是由他代理的。钱多了，不再被人小看，可他自己却很怀念沉浸在艺术天地里的日子。不久前，他把公司交给儿子管理，重新拿起画笔，埋头在家里作画。

钱老虽然年近九旬，却不改幽默风趣。那次去新加坡，是年初三的下午，在从上海乘坐东方航空公司的班机前往新加坡的路上，他居然与空中小姐也开起了玩笑。那天，他刚上飞机，招手请空中小姐过来，说要一杯热开水。空姐很热情地请他稍等，随即把一杯热气腾腾的开水端了过来。没有想到，她把开水杯子放上小桌板的时候，钱老不知怎么的忽然站立起来，两条腿咚的一下碰到了小桌板，一杯开水几乎全都泼翻在了老人的裤裆里。钱老顿时“哎呀”一声叫了起来。空中小姐觉得自己很对不起老人，假如真的烫伤了，那一定要马上采取紧急措施。她慌忙扶着老人前去洗手间，一边再三地向老人道歉。钱老笑笑说：“没有什么事情，虚惊一场而已。”

这时候四周的客人也都围来过来，问长问短，知道老人没事，大家都松了一口气。人们听说这位老人就是大名鼎鼎的艺术家钱君匋，已经九十高龄却依然精神旺健，无不流露出钦佩的神色。许多美术爱好者涌过来，纷纷请钱老签名留念，倒是把钱老忙了好一阵子。

1998 年 6 月间，上海电视台举办 40 周年台庆活动，邀请一批著名书画家聚会，钱老兴高采烈地前去挥毫作画，还与老朋友程十发、邵洛羊等人一起吃饭聊天，精神格外旺健。这是他最后一次参加艺术家的聚会。

接着又是两个月过去了。这天，张省一清早接到钱老家里的电话，说钱老答应无锡市公安局领导的邀请，打算去马山住上几天。原本他想让上海的一位女弟子陪他去，但是93岁的师母不放心，非要亲自陪他去不可。张省一清早就开车去上海接他们，经由高速公路到达无锡。无锡市公安局的朋友早早地等候在高速公路出口处了，随即把他们送进了太湖宾馆。当时著名书法家武中奇先生也住在那儿，老朋友不期而遇，十分高兴。

第二天，钱君匋与夫人一起游览了位于太湖之滨的灵山大佛。宏伟庄严的灵山大佛，左挽青龙山，右牵白虎山，背靠小灵山。北依青峰，有山形之美，南面太湖，揽水色之秀。流云拂面、横空出世的灵山大佛，是传统佛教造像艺术与现代高科技的完美结合。

没有想到，不久钱君匋就因感冒和便秘住进了瑞金医院。也许是他太喜欢艺术了，只要身体稍稍感到舒服，就要回到家里，拿出笔墨动手作画。他绝不会想到，眼下所作的国画已是漫漫艺术生涯中最后的几幅了……

钱君匋先生的绝笔之作，是两幅彩墨花卉。一幅画的是荷花，绿盖叠翠之中，荷朵艳红，荷箭挺峭，题为“长塘清趣”，落款为“戊寅长夏九三老翁钱君匋”，并盖有“钱君匋印”和“豫堂”的名章。另一幅画的是盛满竹篮的桃李，题为“塘西名种”，落款为“钱君匋写，时在抱华精舍灯下”。此外还有一幅融入汉简隶意和金石味，雅致秀逸而又天真稚拙的书法。钱老的两幅花卉，与他的其他作品一样，线条恣睢，用色浓郁，透现音乐般的韵律,“极简练处极精到,极奇特处极稳健,极雄健处极含蓄”(朱屺瞻语)。这正是他无恐而自信的生命状态的流露。

创作这两幅作品的过程中,钱老搁笔休息了几次,他感到很累,却又不愿有半点马虎。画完后,终因体力不支被送进了医院。钱老平生嗜好肥肉,医生却担心血压和血脂升高,不准他食用。于是便秘加剧,竟成了导致他生命力衰竭的一个动因。不到一个月,他便与无数宝贵的精神财富告别,溘然离开了人世。

显然,钱君匋的“长塘清趣”,应是他毕生献身艺术的自我写照,而“塘西名种”则是寄托着对后学们的无限希望。在九三老翁艺术生命的最后一刻,依然创作出如此精湛的作品,不能不让人深深赞叹。

1999 年 8 月初,为了纪念书画艺术大家钱君匋先生逝世一周年,中新两国几家文化机构联合举行他的作品回顾展。我有机会与画家张省、钱金绪一起赴新加坡参加开幕式,听到了许多关于钱老生命最后阶段的故事。上年春天,钱老突然再三催促陪伴自己多年的侄子金绪,去浙江海宁看看选定的墓地,还让金绪在那儿住一夜。金绪在海宁拍了不少照片,回来后告诉他说,墓地在向阳的山坡上,地势高爽。从墓地可以俯览钱君匋艺术研究馆的全景——那里收藏着他的大量作品。钱老听了非常高兴,露出了却心愿的神色。也许是感觉到剩下的时间不多了,钱君匋先后将 4000 多件毕生收藏的明清及近现代书画图籍珍品,捐赠给出生地浙江桐乡县,将自己的一批重要作品和文物捐赠给祖籍海宁县。他深爱着那片养育过自己的丰沃土地,九十高龄时,叶落归根的心愿愈加强烈。

如今,钱老已逝世十周年。他留给这个世界的艺术珍品,永远散发动人的光彩。他一生奉献给艺术的精神,永远昭示后人。

至言

盛夏，读《傅雷谈美术》，见其中有一通 1961 年致刘抗的书简，洋洋洒洒五千多字。所用语言之直率、锐利、一针见血，令人惊异。这里不妨节录一段：

扬州八怪之所以流为江湖，一方面是只有反抗学院派的热情而没有反抗的真本领真功夫，另一方面也就是没有认识中国画用笔的三昧，未曾体会到中国画线条的特性，只取粗笔纵横驰骋一阵，自以为突破前人束缚，可说是心有余而力不足，亦可说未尝梦见艺术的真天地。结果却开了一个方便之门，给后世不学无术投机取巧之人借作遮丑的幌子，前自白龙山人，后至徐悲鸿，比比皆是也——大千是另一路投机分子，一生最大本领是造假石涛，那却是顶尖儿的第一流……

即便是批评刘抗的作品，他也毫无掩饰：

我觉得《何所思》与《晨曦》、《绿野》两条路还大可发展，可能成为你另一个面目。此外《水上人家》、《街头即景》的构图都很好，前者与中国唐宋画与默契……《峇里舞》也好(不过五年前看过印尼舞蹈,不大喜欢,地方色彩与特殊宗教太浓,不是 universalart,我不像罗丹那样迷这种形式)。反之,《卖果者——爪哇》的线条我觉得嫌生硬,恐怕你的个性还是发展到《印度新年》一类比较中庸(以刚柔论)更成功。

如此直抒胸臆,是因为傅雷与刘抗二十多岁时在法国同学,又意气相投的缘故?

记得好几年前,也是盛夏季节,我因参与刘海粟研究会的一些事务,与刘抗先生见过几次面。先是他来上海和苏州,随即和我们一起去蚌埠市举办刘海粟艺术研究会会员作品展。开幕式上,刘抗兴致勃勃地作了讲话,除了谈刘海粟,就是谈傅雷。很快,我又与画家张省、收藏家钱金绪(钱君匋先生的侄子)前往新加坡参加纪念钱君匋先生逝世一周年的作品回顾展,刘抗在太太、女儿的陪同下,兴致勃勃地来到乌节坊展览厅,欣赏钱老晚年的代表作,并宴请了我们。席间,我们又有机会叙谈。

刘抗是福建永春人,也许是30年代初曾在上海美专执教的缘故,他时不时要说几句上海话。他告诉我,一生中对他影响最大的有两个人,一个是艺术大师刘海粟,另一个就是傅雷。1928年他留学法国,曾与傅雷住在巴黎郊区的同一个宿舍里,朝夕相处了三年。他们经常结伴去听贝多芬、莫扎特的交响乐,以各自文学艺术上的才华和兴趣相互影响,有不同看法经常争论,谁也不隐瞒自己的观点。傅雷在艺术上的许多深刻见解,常常给他带来启示。他第一次上黄山,就是和傅雷一起去的,两人身边都没有几个钱,但是被大自然的雄伟所鼓舞,精神上感到很愉快。第二次上黄山,是随老师刘海粟去的,当时海粟老人已经是第十次上黄山。

应刘海粟先生之邀，刘抗与傅雷先后到上海美专担任教授。那时，刘抗才23岁，住在海粟先生家里，彼此好像一家人似的，感情十分融洽。由于刘抗太年轻，海粟先生担心学生不服从，专门辟出两间教室陈列他的作品，并在授课的教室牌子上加上自己的名字，成为刘海粟、刘抗共同的教室。当时，刘抗创作了一幅《西湖里湖》，颇有自我个性发挥，刘海粟给予较高的评价。从此在老师的指导下，迅速成长。抗日战争爆发后，刘抗回到童年时代生活的地方——马来西亚柔佛州麻坡，在中化中学教书，业余时间刻苦从事风景画的创作。南洋热带的明媚风光，成为他取之不竭的题材。直到抗战胜利后，才移居新加坡。

1952年，刘抗和陈文希、钟四宾、陈宗瑞四人利用假期之便，到风物诱人的印度尼西亚峇厘岛观光写生，深深陶醉在那世外桃源中。回国后经过一年的创作，于1953在维多利亚纪念堂举办了峇厘旅行画展。刘抗的代表作是《峇厘舞女》，身穿峇迪沙龙服装，佩带传统头饰，婀娜多恣的舞女，由迷人的建筑和雕刻作背衬，在他刀笔兼用的画布上，展示着情趣盎然的意境。峇厘旅行画展的成功，开了南洋画派之先河，奠定了刘抗等画家在新加坡美术界的地位。他早年担任中华美术研究会会长，是新加坡最大的美术团体——艺术协会的发起人之一，并且连续担任十届会长。1979年起担任文化部视觉艺术咨询委员会主席。1998年，当他87岁时，荣获新加坡政府颁发的卓越贡绩勋章。新加坡美术评论家说，看刘抗的画，犹如在南洋暖洋洋的海风中观看日出与日落、月升与月没，让人在一种轻松愉快中得到艺术的满足。

谈及自己的作品，刘抗却由衷地提起傅雷，话语间充满感激之情。傅雷作为一位艺术鉴赏家，学识广博，体验深厚，见解精湛，更重要的是能鞭辟入里地判析，说得你脸红耳赤却又心服口服。那封长信，其实是刘抗给他寄赠画册引起的。傅雷一开头便批评了画册的编排与外观，不仅一连串提了八大毛病，还说复制品根本不能作为批评原作的根据。但依然凭经验说了很多意见。

新加坡国家美术馆里，陈列着刘抗逝世前捐赠的一千多件佳作，也陈列着傅雷先生用工整而又漂亮的毛笔写给他的信件。从长长的信件，我不由想起了古人的一句话：“不闻大论，则志不宏；不听至言，则心不固。”批评是艺术之花的催生剂。从事艺术的人，假如都像傅雷与刘抗这样坦荡、真诚、相重，何其好啊！

摇到外婆桥

临近春节，我收到了欧阳效平寄自日本宝塚市的邮件。除了信，还有一本甲骨文的书。108 个甲骨文，全都是她父亲欧阳可亮先生生前的手书，内容跟中国十二生肖有关。她说，红色的字是父亲脑充（溢）血后，用左手写的，希望您能喜欢。

几天后，她又给我发来电子邮件。她说，我父亲爱中国，有理想，爱文化。他 1954 年来日本，是被招来编中日辞典的。战后的日本很穷，劈柴烧水洗澡，烧煤做饭。没有好的中日辞典，没有教授中文的教材。中国人还心理有伤。那是知识份子不愿意来日本的时代。父亲觉得，建立中日关系非要有好辞典。编辞典不是一两年就可以完成的事业，父亲就接我们全家来日本了。父亲白天上班，教中文，编辞典。早晚和周末，单独研究自己的甲骨文，练字，努力推广人们对甲骨文的认识。父亲柱着拐棍数次访问安阳殷墟，还提议在 1989 年在安阳开国际学术研究会……

好几年前，她翻译了我的几篇散文，署名关登美子，发表在日本刊物上。在宝塚市，几乎没有人知道她是中国人。但她在信中始终签着欧阳效平，一个非常典雅的中国名字。多次交往后，我才知道，苏州是她外公的家乡。她的母亲1937年在北大读文学系，战争开始后离开北京，住在苏州外公的旧家，在东吴大学继续修完学业。

欧阳效平年逾花甲，却童心未泯。她到处寻找“摇摇摇，摇到外婆桥”这首儿歌的乐谱，尽管所有的印象都显得那么遥远。小时候，母亲唱给她听的是“摇摇摇，摇到外婆桥，外婆叫我好宝宝。给我糖一包，果一包，吃不完，带回家。还有团子还有糕”。而爸爸唱给她听的则是英国儿歌 MotherGoose 里的“Row，row，rowyourboat……”从躺在摇篮里开始，她就在梦中把船儿摇到外婆桥。时时思念着那一座座在碧水清波上躬身而卧的桥，水乡古老的石拱桥。

水巷

那年她与女儿一起访华。我陪她们去了水乡古镇锦溪和周庄游览，寻找梦中的外婆桥。一路上，她不时以带有京片子的汉语，提起逝去的母亲。我知道，是江南水乡浓郁的民俗风情，使既是日本人更是中国人的她，勾起了内心的复杂情感。同行者，是她的朋友福井理惠。福井理惠的丈夫曾患恶肝病，她把自己的一半肝脏移植给他，谁知丈夫仍然没有能挽救过来。她在身休恢复以后，自愿在大阪大学附属医院照顾病人，累计服务时间超过一千小时。医院服务协会已决定公开奖赏她。福井理惠这次来中国水乡旅行，除了调养精神，还有一个特殊原因——小儿子的未婚妻，是一个在日本出生的华侨。

回国后,欧阳效平一再说,这次游览留下了非常美好的印象。

读着她的邮件,面前顿时浮现出她的形象:端坐在书桌旁,手边是很多中文版、德文版和日文版的书籍。文静素淡的装束,谦和温顺的神情,从容不迫的谈吐。从眼镜片后透出的目光,是那样的坦诚,让人觉得她简直像是一个天真未凿的女孩。

欧阳效平和丈夫是在东京读大学时的好朋友,后来又一起去德国留学。丈夫拿到了博士学位,后来成为西洋古典考古学家,专门研究希腊和罗马时代的历史和美术。他们是在德国结婚的,并在那儿生了孩子。九年后又回到日本,为的是让孩子能够很好地接受东方的教育。

研究中国语言文学的父母亲,无疑对她的志趣影响很大。父母亲曾经在日本爱知大学教授中国文学、编辑词典长达 16 年,后来又去德国一所大学教中国文学,又教了 18 年。爱知大学所编辑的《中日大词典》,是全日本最好的一部词典。她说,父母亲在她念小学四年级时,就来到爱知大学,参与这部词典的编辑工作。很早以前,他们就在上海参加了东亚同文书院编辑《中日大词典》的工作,业务很精通,也算是元老了。从 1955 年 4 月开始续编《中日大词典》,到完成这个浩大的工程,欧阳效平已经进入了大学四年级。可是,由于她从小就被父亲送进了日本学校念书,中文基础不怎么好,始终让她觉得有些自卑。于是刻苦进行文学理论方面的训练,读了大量的中文书籍。当她下决心参加中日儿童文学美术中心的活动,致力于将中国作家的作品介绍给日本读者时,母亲非常高兴,再三地给她鼓励说,你要注重文学作品里的奥秘,看出什么是中国的特点和表现形式,什么是人类相同的爱。这才是最要紧的。

中日儿童文学美术中心,是一个在上海和东京分别设立机构的组织。我曾经参加过好几次活动,在上海和南京开过会,也接待过中由美子、津田橹冬、篆崎三朗等翻译家、画家。书信来往更是经常的事。日本的中心设在东京新宿区的小峰书店里，负责人前川康男，与陈伯吹、任大霖、陈丹燕、张锡昌等作家是好朋友。尽管他并不擅长汉语，却由于把各种交流活动开展得有声有色，深受大家的尊敬。日本朋友们完全是凭着对中国文学的热爱，定期自费来中国考察，参加各种学术交流，回去后便孜孜不倦地翻译、推介。有时候为了弄清楚某个习俗的细节，某个词语的含义，她们会不厌其烦地打电话来询问，反复核实。画家们笔下的姑苏园林、水巷渔舟，几乎每期都会出现在他们编辑的刊物中。显然，对于促进两国间的文化交流，这个组织是发挥了很大作用的，也让我充分感受到日本朋友们的敬业精神。

作为生活在日本的中国人，欧阳效平或许是最有代表性的一个。她对中国更有别一番深厚的感情。

1994 年，为了纪念大阪市和上海市友好交流十周年，大阪市青年交响乐团带领 100 名日本小学生和大学生，专程去上海和苏州演出。欧阳效平有一个女儿是这个乐团的提琴手，她特意陪同女儿一起来到中国作演出旅行。四十年前离开故土后，第一次回来，她的心里有说不出来的兴奋。当女儿她们在作演出准备时，她按照母亲留下的地址，专门寻访了苏州外公的旧家。那历经沧桑的老屋居然还保存着，在一条幽静的巷子里，粉墙黛瓦蠡窗，石阶井栏花坛，一株枝繁叶茂的玉兰，给庭院铺设着绿荫。完全是母亲给她娓娓描述的景象，完全是梦里一次又一次回来的地方。她怔怔地注视着这一切，不知不觉中，一串热泪从脸颊上流了下来。

十几年前，母亲曾经从德国回到北京，逗留了整整一个星期。她找到了自己出生的地方，胡同中的一个四合院。这是 1937 年她离开北京后，第一次回来。可惜，那次她来不及回苏州看看，尽管手里握着一纸地址。谁知，在德国当教授的母亲，直到退休，直到客逝他乡，也没有再回苏州一次。这成为她无法弥补的遗憾。在欧阳效平的心目中，母亲是北京人，她属于中国的北方，燕山雪花大如席，纷纷吹落轩辕台。而外公则是属于南方的苏州，一年湖上春如梦，二月江南水似天，那么充满诗意。欧阳效平整整在苏州住了两天，她实现了母亲的夙愿，也实现了自己的夙愿。

2003 年深秋的一天，作为日中和平友好条约缔结 25 周年文化交流的重要活动，她的女儿关典子又让我陪她们游览了锦溪和周庄两个古镇。为了完成这个行程，她给我发了一连串电子邮件，丝毫也不掩饰内心的激动。

欧阳效平的女儿关典子是个舞蹈博士，担任团长石黑节子教授的助手，并在《炫目的爱情之光》中演出。这个舞蹈取材于唐代从中国流传到日本的舞乐《青海波》，以四季来比喻《源氏物语》主人公光源氏的爱情经历，由此表现人生的无常。后来，石黑舞蹈团来上海大剧院演出，欧阳效平特意前来观看。我们见面时，她很骄傲地送给我几份资料，其中之一是关典子表演飞天舞蹈的剧照。她的每个动作都显示着无重量环境，十分新奇。欧阳效平说，这个利用宇宙空间站进行创作的舞蹈，在中国专家的协助下，使敦煌壁画中描绘的“飞天”在宇宙空间中得以展现，象征了世界的和平。

丰富的阅历拓宽了眼界，促使这位有着日本结中国心的女子，以格外清澈的目光看世界，涵养了人生之爱。我明白了，她千方百计出版父亲书写的甲骨文字，代替父亲纪念发现甲骨文 110 周年，跟她寻找“摇摇摇，摇到外婆桥”，正是渊源于此。

与隐地先生言欢

通了不少电话和信，也读了他不少赠书，深秋的一个早晨，我终于在中国台北福华饭店与隐地先生握手言欢。这位诗人和出版家也是属牛的，比我年长一轮，看起来比照片上发福些，言谈举止却温雅而敏捷，嗓音尤其宏亮。他说，去年曾匆匆回大陆，特意去了古镇千灯，回到58年前曾被寄养过3年的小圆庄，见到了10岁时一起放牛的小三子，并且在村河边合了影。他取出《敲门——尔雅三十年光与尘》，书中印上了这幅照片。还有一段诗一般的文字，那是他在去小圆庄一个星期之前写的。小园庄是他童年时代的梦。在他五十八岁时写的诗中，有这样的句子："有三年我是学习种稻的少年/在昆山小园庄/冬天结冰的河/承载得起我的穿梭/春天我在桃花林里捉迷藏……"是父亲把他从小圆庄接往台北，从基隆码头经过仁爱路的椰林大道，跨入宁波西街的往事，历历在目。此后，他经历了很多的磨难——父母离婚、一次次搬家、饿饭、睡防空洞，接着是当兵，当文学编辑，创办台湾出版纯文学作品颇具盛名的尔雅出版公司。

"尔雅"创办30年，一直坚持园丁的角色，为作家预备好土，孕育优良出版物供爱书人欣赏。在台湾，很多人会说，我是读"尔雅"的书长大的。这家只有8个人的出版公司，至今已出版600种书（其中也有我的《潇洒走江南》），绝大部分为纯文学作品，而且给每一种书都编了号。这些书，是隐地先生与世界各地的朋友们共同写成的。让他十分欣慰的是，10岁时在仅有13户人家的小圆庄还不认识一个大字，而自己如今居然能拥有一个“写字工厂”。

那天早晨，他正接待一位从美国回来的画家，我要去故宫博物院，我们仅有一个小时，彼此有太多的话要说，又不知从何说起。对于他，写作甘之如饴，出版却一路艰辛。他十分感慨地说，人类玩物丧志，掏空书籍中的灵性，书籍早已物化，成为数字游戏的俘虏。书愈大量制造的结果，愈加速了书的死亡。他又说，以前写书是少数人的事情，一个人写书，一百个人读书。现在却变成一百个人写书，一个人读书。尽管如此，他和他的“尔雅”仍始终不渝、无怨无悔地担任着文学园圃的守门人。他个人的书已出版三十几种，在台岛内外产生了极大的影响。

作者（左）与隐地先生合影

在飞逝的时间中，我们从书谈及书店、作家、读者，谈及竖排本和横排本的差异，谈及台中市一所中学创办的杂志《明道文艺》，谈及101大楼和诚品书局，也谈及环境与生命……那些让人津津乐道又喜忧参半的人与事，在他的心目中，有着非同一般的意味。他又取出一本书送给我，书名是《命运，非关命运——倒扁新浪潮》。在所有的尔雅丛书中，这本书尽管也有诗和散文，却是非文学的。

我们意犹未尽，却又不能不握别。这时，画家举起照相机，给我们在饭店的大堂合影，他的夫人，也是“尔雅”的主将林贵真跑过来，站在隐地身边，笑得那么灿烂，使这幅照片更有意义。

附记：

一年多以后，隐地先生从台北寄来他的新著《春天窗前的七十岁少年》，并且在附信中说：“书中二十七页提到的菊楚，就是上回在福华早餐时你见到的朋友，嗳，人生！”我赶快阅读这篇文章。没想到，他的文章透露，菊楚因心肌梗塞，前后不过三分钟，便匆匆离开了人世！

我不能不想起去年初在台北的邂逅。

那天早晨，我与隐地先生约定在福华饭店见面，他恰好在福华与一位从美国回来的画家共进早餐。按照行程安排，我十点钟要去故宫博物院参观，最多只有个把小时，非常匆忙。隐地先生向我介绍了画家，彼此握了握手。隐地带着一本我在尔雅出版的《潇洒走江南》，便送给了画家。印象中，这位画家言语不多，举止优雅，肤色黧黑，有六十多岁的样子。从隐地先生推崇的语调中不难想象，他在美术界有怎样的影响。后来我才知道，菊楚姓王，曾作为建筑工程师，参与台北一些重要建筑（包括“国父纪念馆”）的修建，同时创作油画、水彩画、针笔画，为不少书刊杂志做过封面、插图和海报。

那天我和隐地先生就在饭店的僻静处，促膝相谈。如果不是考虑到隐地先生还有客人，客人当天就要飞回美国，我也还有活动，我们会不停地谈个半天一天。

终于到了分手的时候，隐地先生请画家过来，举起照相机，在饭店的大堂给我们——隐地先生，他的夫人、“尔雅”出版公司的主将林贵真和我留影。王菊楚拍摄的照片，一直保存在我的几台电脑里，时常让我想起台北的那个早晨。

孰料，我们在福华饭店邂逅未满四个月，画家王菊楚便被心脏病夺走了生命。平常他仅仅有高血压症状，一直服药控制。感到胸口不适，想打电话告诉家人，可是一通电话没打完，话筒掉下去，他就断气了。人生的无常与无奈，令人万分慨叹！

从隐地先生的纪念文章中我看到，王菊楚父亲是开染织厂的，从十二岁开始，他所设计的布料图案，点缀了无数漂亮女孩的衣裙。很多年来，王菊楚无论身处何方，从事怎样的工作，从未放弃过手里的画笔。经营尔雅出版公司几十年的隐地向他建议，选一百幅作品，每幅配三五百字，就可以成为一本很有意思的书。与此同时，把王菊楚推荐给中华副刊，开了一个“我爱 · 我画”的专栏。当王菊楚移民美国前，他的新书《我画 · 我爱》顺利出版了。本来还有出版画册的计划，可如今什么都来不及了。

我与画家王菊楚素昧平生，邂逅于台北，彼此没有讲几句话，可是他病故的消息，却让我心里难以平静，不由自主地想起了人生的悲欢离合，想起了生而为人的幸福与痛苦，想起了我们应该如何追求艺术的真谛……

募款的义工

——白先勇印象

年逾七旬的白先勇穿着朴素，神情淡雅。如果出现在熙熙攘攘的人群里，很难想象他就是台湾著名作家、昆曲推广人、名门之后。他笑着说，我是昆曲的义工。从美国加州大学教授的位置上退休以后，完全可以享受优裕的生活，但是我为昆曲四处奔波，六七年中几乎没有星期天。多少次到苏州，却无暇去园林。

在培育成“白牡丹”（青春版《牡丹亭》）后，白先勇锻造了一支“白玉簪”（青春版《玉簪记》），2009年底在北大百年讲堂上演，又获得了成功。这位昆曲义工，已经陆续为“白牡丹”募款二千五百多万，趋势科技、台积电、统一等台湾大企业因他的精神而感动，不断地给予赞助。最近，可口可乐公司决定每年资助一百万，连续五年，在北京大学实施“白先勇昆曲传承计划”。这个计划将通过开设昆曲公选课、举办昆曲文化周等系列活动，激发更多的大学生了解昆曲，热爱昆曲，促进昆曲艺术的传承与发展。“一门艺术只有吸引年轻的知识分子，才能有生命力”，这是他一贯的主张。

这些年来，白先勇的足迹遍及香港、台北、休斯敦、纽约、温哥华、上海、北京、苏州等城市，他与苏州昆剧院联手，凭借自身的影响力，以多种方式，弘扬昆曲艺术。白先勇说，《牡丹亭》每个团都演，为什么青春版能在世界各地上演 184 场，百分之八十以上是满座？这并不是一个简单的问题。所以，青春版《玉簪记》仍然请俞玖林、沈丰英担纲，请海峡两岸的一流创作精英，参与设计制作。白先勇特意邀请"金马奖"得主、亚洲影展最佳美术设计奖得主王童担任服装设计。舞台上呈现书法家董阳孜的字、画家奚淞的白描佛像和王孟超的舞台设计。与青春版《牡丹亭》相比，《玉簪记》的风格朝极简、写意、时尚更迈进了一步，创造出充满东方水墨意象的舞台视觉效果。在上海世博会开幕前夕，将在浦东隆重上演。

白先勇是个性情中人，他总是渴望世界上有更多的人能像自己一样喜爱昆曲，认识这一中华文化瑰宝的价值。美国加州大学伯克莱分校专门开设昆曲课程，并且纳入学分；奥地利皇家科学院设立昆曲研究室，并邀请苏州昆剧院前往演出；《牡丹亭》在新加坡演出，每晚上演三小时，连演三天九小时，座无虚席；欧美观众不愿意在剧场里打字幕，宁可事先阅读翻译好的剧本……这些都使他喜形于色。然而，对于昆曲的未来，他又有毫不掩饰的忧虑。

人才的流失是最让他寝食难安的。

他说，像俞玖林、沈丰英这样的年轻人，为把昆曲这个人类文化遗产推介给全世界，作出了很大努力。已经成了大学生们的偶像。可是他们的酬劳很少。昆曲院团得到了各级政府的支持，可是他们在运转中仍存在许多的困难。昆曲并不是热门音乐，她的票房收入无法与之相比。希望真正关心中国传统艺术的人们，都能伸出援手，扶持中国戏曲"精品中的精品"——昆曲焕发青春，不至于再衰落。这是一件功德无量的事。他又说,莎士比亚的故乡,是全世界研究莎翁的中心。我们有责任也应该在昆曲的发源地,建成全世界研究、发展昆曲的中心!

我与他聊起了台湾作家、出版家隐地先生和尔雅出版社。白先勇最早是以小说闻名的。1960 年代他曾倾其所有,在台湾创办了被誉为"白先勇的第一生命"的文学杂志《现代文学》,为文学事业做出了奉献。对于昆曲,白先勇从迷恋、欣赏到大力推广,也完全出自他对艺术的热爱和社会责任感。在市场经济大行其道的今天,一个年纪不轻的作家,能如此专注于自己的艺术追求,没有人不为他独特的艺术魅力和人格魅力所征服。

看来,在今后的日子里,他仍将为昆曲做一个募款的义工。

他们来自加勒比海岸

那天，在古镇周庄的古戏台，昆曲演员正演出《游园》。当杜丽娘和春香载歌载舞，演绎满园春色、姹紫嫣红时，几位来自哥伦比亚的客人，情不自禁地走上台，出现在盛装的演员身边。南美人的棕色皮肤，与演员的珠鬟翠裳，形成了鲜明的对比，一时掌声四起，闪光灯不断。我不由暗忖，在诞生了《百年孤独》这样魔幻现实主义小说的南美，人们喜欢怪诞、虚幻、神奇而又不失真实，洋溢着浪漫气息的昆曲恰好符合他们的艺术欣赏心理，于是让他们引起了共鸣？

参议长赫尔曼·巴尔加斯今年才四十出头，身材魁梧，额角丰隆，充满着活力。令人惊异的是他的左手缺了三个指头，中指只剩下半只，罩着小小的指套。后来才知道，他曾遭受游击队恐怖袭击，不仅被炸掉了手指，还炸伤了胳膊。可他始终不放弃对反政府游击队所持的强硬立场。他曾就读于罗萨里奥大学法律系，熟悉英语和法语，担任过《新边界》周刊社长、总编。作为前总统卡洛斯·列加斯的外孙和自由党独立派的代表人物，他积极参与现任总统乌里韦的竞选工作，深得总统信任，并于去年 10 月正式宣布参加下届总统的竞选。

初春的周庄已进入旅游旺季，街头桥堍和游船，到处熙熙攘攘，人来人往，其中不乏碧眼金发的老外。但巴尔加斯一行格外引人瞩目。他们走走停停，一边欣赏水乡景色，一边随意选购纪念品。巴尔加斯显然是入迷了，笑着对陪同人员说，我们有整整半天时间在这里，要看个够，你们可不要催促。巴尔加斯对紫砂壶情有独钟，买了一只还想买一只，他的夫人玛丽亚·萨巴塔则喜欢丝绸和小工艺品。哥伦比亚盛产咖啡、蔗糖和香蕉，是全球最大的绿宝石出产地。因为南濒太平洋，北临加勒比海的缘故，旅游业比较兴盛，为哥伦比亚增加了很大的财政收入。当然，那儿也蔓延大麻和海洛因，毒品与反政府武装冲突，难免会使社会动荡不安。

从沈厅码头坐上游船时，这些来自加勒比海滨的客人，一个个像调皮的孩子，手舞足蹈，相互用西班亚语呼唤着，怎么也掩饰不住内心的欢快。体现水镇风情的小桥流水人家，无疑让他们感到非常新鲜，不停地拍摄照片和录像。难怪巴尔加斯给沈厅题词时，写下这样一句话："周庄是中国所有角落里最有代表性的一个地方。"

身为参议长，巴尔加斯是充分理智而有远见的。在急水港畔的周庄舫，听完中方官员介绍情况，他谈起了自己的国家。这几年，有着四千万人口和三十个省的哥伦比亚，经济正不断发展，GDP 每年以 4% 左右的速度增长，在拉丁美洲国家中仅次于巴西和秘鲁。但是社会秩序还不够安定，下届政府应倍加努力。调整税收政策，肯定会影响财政收入，但也要考虑改善。这次访华一周，看了北京、上海和江苏，更感到要向中国学习，尤其是必须发展高科技产业。他笑道，哥伦比亚人口不太多，也许应该从中国引进一千万人，一起搞建设。过些时候，我们要派出一个工会代表团访问中国，学习经济建设的经验。也希望中国的企业家去哥伦比亚考察、投资。这次随行人员中,有一位旅哥华侨徐先生,便是非常成功的企业家。

从加勒比海岸来到江南水乡,确是一次不同寻常的旅行。

人梯

我们这一代失去了太多的求学机会，所有的希望都寄托在孩子身上。我始终有一个理念，作为家长，最大的职责是让自己的孩子接受最好的教育。而在一切教育中，识字、阅读、作文和懂得生活的道理，是最根本的。

记得那时，我们在乡下插队落户。忘了是在明镜荡边的村子里，还是在阿强家的旧屋里，他的那双迷惘的眼睛，似乎能感觉黄疸肝炎尚未褪尽。嚼着炒熟的蚕豆，阿强突然问我："你说，他们为什么没有痛苦？谁都是这样？"我想了好久，才说："也许……他们的知识没什么差别，祖祖辈辈就这么过来的。"

他说他即将结婚了，与低一个年级的女知青。相同的家庭出身和境遇，让他们以沫相濡，在乡下扎根，彻底打消了继续升学的念头。尽管他的后脑勺特别发达，英语成绩总是名列榜首。提起结婚，他不由叹息一声，咳，以后的事情啥人晓得呢？

我看过他的一篇很短的东西。傍晚，在古老的拱桥旁，遇到一群支农劳动回来的人们，走向插队屋去的他，居然背过身，流下悲壮的眼泪说，遍地英雄下夕阳。他的父亲是体育教师，健壮而又帅气，但我始终没见过。古镇上的人们都说他能“四两米烧十三大碗”，难以想象每一碗里有多少菜叶子和水。在上世纪60年代初最缺乏粮食的日子里，他以全部智慧，千方百计填饱一家人的肚子，自己最终死于浮肿病。

阿强在乡下结了婚，还生育了一子一女。在我印象最深处的，是他家灶后的一只竹篮，烧饭时从稻草中找到的谷穗，就丢进去。这是母鸡的饲料。母鸡下的蛋，则成为孩子的营养。为了孩子，自己宁肯忍饥挨饿。他们的生活清贫而安逸，似乎与村上的许许多多农户一样没有痛苦。我知道，他是那么地渴望上大学啊。白天劳累，晚上仍悄悄背诵英语单词，怀着无望的希望。

若干年以后的一天，他们夫妻俩双双飞往美国加州大学，出席儿子完成博士学位的庆典。那天清晨，他打越洋电话过来，我刚起床。他说已经到了，打算在美国住三个月。难得的机会，想多走走，多看看。环境很好，天气不冷不热，街上没什么人。话筒里，分明传递着他的新奇和喜悦，当然也有如愿以偿的自豪。

和他一样，我们省吃俭用积攒下来的钱，宁可不买房子，也要作为女儿留学的费用，帮助她顺利进入慕尼黑大学。女儿用打工得来的钱，作为生活费。她告诉我，课余时间曾给一个8岁的德国男孩教授汉语。男孩8岁生日时，舅舅送给他一套画中国画的砚台、墨、颜料和毛笔，以及一本介绍中国书画的书。书中的中文字引起了他极大的兴趣，这些看上去复杂而又和谐的符号，到底是什么意思呢？他要求妈妈给他找一个能破译这些字符的人，带他进入神秘的中文世界。于是女儿成了他的老师。

这是一个金发碧眼的典型德国孩子，因为第一次接触中国人，所以显得有些害羞，但仍然处处流露出他的机智。他捧出了舅舅送的生日礼物，那本字画结合的书正好成了教科书。女儿指着画中的山水，给他解释汉字“山”是怎样从具体的山抽象而来的，汉字“人”正如一个人在迈步，一个被分成四份的方框则是田地的“田”。他的眼睛因兴奋而闪闪发亮。这些文字是多么直观而形象啊！那就试着画一画吧！生日礼物中有三支毛笔，他要求用这中国式的书写工具来开始他的中文“临摹”。

女儿灵机一动，想顺便再教他一个汉字，说这毛笔是由上面的竹竿和下面的毛发组成的，而“笔”字正好是“竹”加上“毛”。没想到男孩满脸疑惑地问：“什么是竹子？”德国是不生长竹子的，一个8岁的孩子根本就不知道什么是竹子。从来没有见过竹子的孩子握着竹子做的毛笔，开始“画”中文字。他学得非常快，虽然每个方块字都变得张牙舞爪，但看得出，他对这些符号是理解的。一个金头发的德国孩子横握着毛笔，一遍一遍地涂抹汉字，女儿则不停地为他研墨，真是有趣。

第二次上课，他主动要求学习汉字的发音。女儿拿出中国小学一年级的语文课本，教他读汉语拼音。他先是很兴奋，因为见到了熟悉的拉丁字母，有些拼音字母的读音居然和德语字母十分相近。可是读到jqxzcs时，虽然他竭尽全力摹仿，却听不出他的每个发音之间有什么区别。读得唇干舌燥之后，他终于无可奈何地暂时放弃了，并且在这些字母旁边加上批注：zungenbrechend（佶屈聱牙）！这些佶屈聱牙的字母还不是最难的，最难的是汉语的四声。据说汉语是世界上音调最多的语言，而西方语言都是一调到底的。女儿想尽办法，又是朗读，又是画图，始终没法使他读出这四声的区别。

每次上课，他总是要问这个怎么写，那个怎么写，女儿写给他看后，他将每个字归类，笔划最复杂的字，在他看来是“黑色”的字，稍稍简单一点的是“红色”的字，然后是“蓝色”的字，笔划最简单的是“白色”的字。然后他会决定先学哪个字。但有时候“白色”的字虽然简单，他却不愿学。比如说“伞”字是个典型的象形字，他却丢在一旁，宁可学“尺”字，而红旗的“旗”字比“红”字更引起他临摹的兴趣。

德国人习惯于将一切他们难以诠释的、天方夜谭般的文字归结为中文，将一切遥远不可及的地方称之为中国。一个从未见过竹子的德国孩子，从兴趣起步，渐渐体会到神秘字符隽秀而和谐的美，也让女儿为传播了汉字的美而自豪……

女儿在《萌芽》杂志发表了散文《留学生菜谱》，被人贴在网上，结果帖子如飞雪。国内的不少同学说要请她回家好好吃一顿，她却回答抽不出空。将近三年没有回家了，问她什么时候回家，她说“遥遥无期”。其实她是非常想家的，电话里总是和妈妈有说不完的话。但为了学业，即使圣诞节整幢大楼的留学生全都回国探亲，她仍然不愿离开。她说，最近在杂志上读到了国内一些大学生的文章，发觉他们的价值取向有些问题。过分崇拜外国的东西，未免显得太幼稚。

我想起了我们少年时代生活过的古镇。自辛亥革命以来，这个四面环水，几乎与外界隔绝，面积只有一平方公里的小地方，先后涌现出一百多位留学生。他们中的一些人成为海内外知名的天文学家、语言学家、生物学家。前些时候，一家电视台来拍摄纪录片，让我谈谈对古镇的理解。我说，江南古镇的共性，是世外桃源般的田园风光，源远流长的清幽气质，琳琅满目的丰盛物产。但这里的人们并不追求物质享受，更崇尚读书，枯灯夜读的传统绵延不绝。谁家的孩子出去留学，当了教授，连邻居都脸上放光。古镇却极少在工商界获得较高地位的人。这耐人寻味。

从家徒四壁的家庭中培育出一个博士，绝非想象中的那么简单。惟有我清楚，为了让孩子成才，阿强全家付出了何等坚韧、何等艰辛的努力！在乡下插队时自不待言，好不容易上调，却进了地处远郊的砖瓦厂，仍然是与泥巴打交道。厂里只有一所简陋的子弟小学，教育质量较差。他说，我们这一代已经牺牲了，孩子绝不能牺牲。找了很多关系，才算把儿子转到了城里。真是凑巧，我女儿也读那所小学。他宁可每天骑自行车，风风雨雨走几十里路，送孩子上学，一天也不曾耽误。这，恐怕是一般人难以坚持的。后来，终于在亲戚那儿借了一间六平方米的房子，全家人蜗居于此。阿强说他从来不问孩子的作业，只管后勤保障（其实，他常常和我交流让孩子用各种方式，包括用童话连载的方式写日记的经验）。他心甘情愿地当铺路石，把自己的一切都丢到旁边——真可惜了他那发达的后脑勺。我们这一代生不逢时，只能期望下一代接受最好的教育，至少要超过我们。能跳一跳够得到的，非够到不可。

谁知企业不景气，接二连三地走下坡路。当阿强夫妇双双下岗时，他们的儿女却先后考上了重点大学。懂事的女儿为了给父母分担忧愁，毕业后就工作了。儿子则是被保送进入清华大学。毕业时，他的成绩是年级第一。随即赴美国拿全额奖学金留学。当时有两所大学要他，一所大学还愿意提供来回飞机票，请他先去看看，然后再作决定。但他考虑到专业方向，选择了加州大学。在那儿，他刻苦攻读，每天只睡五六个小时，其余的时间全部花在实验室和机房里。美籍以色列人导师对这个学生的聪慧与勤奋十分赏识。他几乎比别人快一倍的速度，拿到了硕士学位，接着又通过了博士论文的答辩。儿子去瑞士发表论文，顺便回来看望父母，他用奖学金买了西洋参作为礼物。然而对于父母亲来说，还有什么比儿子学有所成更好的礼物呢？与此同时，阿强又开始承担起照顾外孙的职责。给他买了大量的课外读物。他已经很有经验——语文教学的基础是阅读，包括课内与课外的阅读，书本与现实生活的阅读。阅读量和知识量之间永远划等号。作为老师，引导学生选择怎样的好书阅读，从而懂得许多人生的道理，比逼着他们背课文、默生词、学造句，意义深远得多。

我和阿强，当年就是在一起借书、偷书、抄书、聊书，才建立起很深友谊的。我不承认自己笨，几十年来始终读书、藏书、写书，还不时得点什么文学奖，貌似有些成就。然而，毕竟在不可预想的岁月里失去了读书机会，明知十补九不足，仍然不断地补读。哪位哲人说过："人不能拔着自己的头发离开地球。"人是属于他的生存环境的。我向来不相信悲观主义，即便白发与皱纹爬上了额角，仍满怀信心地寻寻觅觅，试图把丢失的东西找回来。当然心里也明白，要让孩子们满怀希望地攀云摘月，家长确实需要为之做"人梯"。做"人梯"，而不做绊脚石，我们无怨无悔。

在网上浏览时，我无意中看到了一张照片，一张引起了很多争议的照片。不知是哪座城市的街头，一个大约五六岁的男孩，坐在藤椅上骄傲地伸出脚，让人给他擦皮鞋。擦鞋的女孩子，比他大不了几岁，俯下身，仔细地擦拭着。因为背上的布兜里睡着一个很小的孩子（也许是她的弟弟吧），显得分外吃力。男孩的后面，站着一位姿态优美的少妇，从打扮与神色看得出，她属于养尊处优的那一类。

照片没什么艺术感，却给人心灵震动。它不仅仅揭示了社会的贫困反差，更让人陷入沉思：我们的社会，该怎样保证这两个孩子接受理想的教育？当这两个孩子长大后，我们又该用什么来保证他们所代表的两个阶层和谐相处？舐犊情深不失为民族的美德，问题是我们的脐带情结太重了，假如不把孩子守护在温暖厚实的卵翼下，让他们遭受风吹雨打，简直匪夷所思。但，两代八个人争先恐后侍候一位小皇帝，该是一种怎样的悲剧？这不是人梯，而是温柔的陷阱……

从沅水到锦溪

“沈从文在一条长达千里的沅水上生活了一辈子”。汪曾祺这句话，是指作家的灵魂与沅水相交融。孙女沈红的悼文《湿湿的想念》则说：“70 年前，爷爷沿着一条沅水，走出山外，走进那所无法毕业的人生学校，读那本未必都能看懂的大书……”走出沅水的沈从文，也成了一本人们未必能读懂的大书。

在凤凰古城的沈从文故居，我们逗留了一个小时，然后乘上敞篷船，在沱江上慢悠悠漂移。两岸飞檐翘角的吊脚楼连成一片，显现边城特有的拙朴与秀美。古老的城墙和翠绿的南华山在江心的倒影，任波浪荡漾成水墨画卷。也有一家家酒吧在江畔张扬着新潮。入夜，这里将有最迷幻的音乐舞蹈。朋友说，沱江在沅水上游，沅水注入洞庭湖，又汇入奔腾不息的长江。他的话，让我想起苏沪交界处的千年古镇锦溪。那是太湖之水往长江的流经之地，历来有枯灯夜读的习俗。辛亥革命后，陆续走出了一百多位学子，去往世界各国留学。沈从文先生曾为她与沅水不同的风韵而迷醉，也让锦溪人叨念至今。

是三十多年前的事了。1976 年 8 月间，唐山大地震给整个中国带来了不祥的预兆。沈从文先生刚从“五·七”干校回到北京，开始从事中国服饰史的研究。北京到处是闷热的防震棚，人心惶惶。他得到的防震棚，矮小得连搭张床铺都不能够，晚上只能蜷曲在藤椅里睡觉。夫人张兆和思忖再三，决定与沈从文先生带着孙女沈红，到苏州九如巷娘家兄弟处暂住。谁知，苏州九如巷的房子十分狭窄，盛夏季节本来就嫌拥挤，住下他们三人，更没有回旋的余地了。于是夫妇俩与沈红乘轮船来到了锦溪(旧名陈墓)。媳妇是锦溪人，亲家也姓张，住在镇北天水桥堍。

水乡

锦溪，五湖围拥，面湖而建，而沈从文对水有着特殊的感情。他说："我所写的故事，多数都是水边的故事。故事中所最满意的文章，常用船上岸边作为背景。"锦溪的水，与湘西的沅水风格迥异，这里又远离京畿，使他感受到无比的安谧。在锦溪的日子里，他常常站在五保湖畔的十眼桥上凭栏而望，静静地看着天空的鸥鸟，湖中渐远渐近的帆影，若有所悟。他觉得湘西的沅水是一个赤膊拉纤的纤夫，锦溪的湖泊就好像睡梦中的少女，淳朴、宁静、清雅，而又含蓄。在这有着悠远历史文化传统的古镇，他仍惦记着自己正在做的事儿，有一次，看见河里一条船上有一位妇女的绣花头巾和镶边印花布裙，竟像孩童般的欢悦。回到家里，还不停地惦念着。第二年，他又让去锦溪读小学五年级的孙女沈红找一身那样的服饰，而且一定要旧的。显然，是为了他的服饰史研究。

那时候，我已经在从事一些跟文学有关的工作，也常常去锦溪镇看望父母亲。只知道天水桥堍张家是书香门第，包括沈从文儿媳张之佩在内的几个孩子特别聪慧。但或许因为家庭出身的缘故，"文革"前后他们的生活道路并不顺畅。对这位优秀作家的到来，我却浑然不觉。那时只有样板戏和浩然的《艳阳天》，没有人读沈从文。我也很努力地写了不少跟风的文字，现在看来几乎都是废纸。若干年以后，沈从文竟像出土文物似的突然冒出来，他的小说一时炙手可热。再后来，听说他两度成为诺贝尔文学奖候选人，却失之交臂，也听说他因为从事中国古代服饰史研究，而成了"物质文化史专家"。

其实，无论给他什么名谓，都不重要。大家闺秀张兆和当初不就甘愿嫁给这位"乡下人"？

对于一个作家而言，有作品，有读者，已足以告慰平生。沈从文只读到高小毕业，当过兵，剿过匪，做过屠宰税务员。由于看尽人世黑暗，而产生厌恶心理。接触新文学后，只身去往北京，欲进大学而不成，在窘迫中开始用小说构造心中的"湘西世界"。50年代初，难以抵御的政治压力竟让他自寻短见，幸而及时获救。本该写出巨构佳作的年月，他无法构筑"供奉人性的小庙"，不再写小说，便改行研究文物和古代服饰。很多人为之愤愤不平，觉得这是糟蹋了伟大作家的才情。殊不知，那个年月的小说与他格格不入。沈从文的脑海里，怎么还可能出现那个在月下唱歌、使翠翠在睡梦里为歌声把灵魂轻轻浮起的青年人？

终于来到古城凤凰，我第一眼就想看沈从文故居。清代风格的小巧的四合院修缮后，成了旅游景点，未免拥挤嘈杂。除了从北京运回的先生的书桌和椅子，还有耳房南墙上，用毛笔抄写的沈红的文章《湿湿的想念》，以其深邃与浓情，让我久久谛视。来不及去看先生的墓地。但搜寻了网络，知道沱江畔的听涛山，一块竖长的石碑上，刻有画家黄永玉为表叔沈从文写的碑文："一个士兵不是战死沙场，便是回到故乡。"墓地没有坟冢，只树立一块天然五彩石，正面镌刻着沈从文手迹："照我思索，能理解我；照我思索，可认识人。"背面是姨妹张充和的撰联："不折不从，亦慈亦让；星斗其文，赤子其人。"此外再也没有跟他有关的地方。不，还有沱江，还有沅水，还有为了他而从四面八方涌来的人们。

在沈从文的心目中，沱江是启蒙之地。他的自传写道："我感情流动而不凝固，一派清波给予我的影响实在不小。我幼时较美丽的生活，大部分都与水不能分离，我的学校可以说是在水边的我，认识美学会思索，水对我有极大的关系。"他的淡定晓达，是水波赋予的。

孙女沈红曾两度在古镇锦溪的小学借读，在外婆家住过好几年。对于湘西的水和江南的水，对于爷爷的人生和命运，认识得尤其透彻。她说，爷爷水味十足的哲学，从来没有被御用过，却在自然平和之中，把一切变故兴衰看得明明白白。"爷爷非道家，却有一双明明白白的眼睛，以清丽的眼，对一切人生景物凝眸，不为爱欲所眩目，不为污秽所恶心，同时也不为尘俗卑猥的一片生活厌烦而有所逃遁……"

没有谁再能这样说。

我曾建议在天水桥堍竖立一块标志牌,纪念沈从文先生与锦溪的缘分。转而又想,这也许会让人误认为是借先生的名做旅游广告。亲家写信告诉先生,锦溪这几年变化很大,文星阁修好了,十眼桥也修好了,五保湖到处是船。他点头说:"应该好好的保存,这些都是锦溪的宝啊! 我真想再去锦溪……"

有这句话,就够了。

话　语

HUA　YU

城市的变脸

谁也不能否认，我们的脚下曾经是散发着腐草和牛粪气息的田畈，身边行走着的是曾经锄禾日当午的农民。然而摇身一变，那些弯弯曲曲的沟渠，统帅它们的排灌站，以及竹园掩映、粉墙黛瓦的农舍和稻垛，却化为了城市的一部分。而且一旦搅入擅长于变脸的城区，它们的时髦就难以辨认。不仅仅是车水马龙的街市，一不小心，突兀冒出的高楼、人造森林公园和儿童积木似的别墅群都足以使你眼神恍惚。

早先，我们这个城市大街上的行道树是悬铃木。尽管每逢秋风萧瑟时，到处都是飘零的枯叶，但春夏季毕竟洒下蓬勃的绿荫，为骑着自行车的人们遮阳避雨，更为灰白色的钢筋水泥房子点缀绿意，所以一旦市长说要砍掉它们，立即激起了一片反对声。然而，反对无效。主张砍树并拓宽大街的市长去过美国、日本和欧洲，知道人家的大街不靠树木遮挡炎炎赤日——店堂里都是空调。出入所用的汽车也不喜欢树木占据它们的通道。

与悬铃木同时消失的，还有无边的夜晚，像墨汁和漆一般黑的夜晚，寂静得令人无法逃遁的夜晚。与光彩一样，声音是城市的标识。城市里的人们无不竭力制造声音，谁也不愿被动地倾听。当田野间疯长工厂，机器与车辆的轰鸣驱逐了蛙鼓和鸟儿的啁啾，霓虹灯闪烁的马路肆无忌惮地伸展时，夜晚便只剩下一个虚设的名词。

不夜的城市，不等于没有隐秘。大象无形。大隐隐于市。隐秘恰恰是变迁的孪生兄弟。谁能讲得清大街一次次拓宽，街面一次次铺设，营造了多少风险和机遇？有多少人资产陡升，一夜间变成百万富翁，又有多少人每天做着发财美梦？从茶馆到书店再到黛安芬内衣专卖店，店铺招牌的不断更迭究竟演绎着怎样的喜怒哀乐？我只知道，几位从工厂下岗的邻居，祖祖辈辈住在沿街的陋屋里。每天清早，马桶如大炮摆在门口。后来因为市政动迁获得了门面房，他们坐收租金，每天喝茶打麻将，居然还能给读重点中学的儿子付择校费。就在他们家的附近，闪烁的灯火，忙碌的人群，来往的汽车，低沉的音乐，以及在风中飘浮的咖啡、食物和化妆品的香气，组成了不可阻挡的繁华——正是在拆和建的城市变脸中，产生了级差地租，产生了无穷商机，也产生了显赫的政绩。这一切，又成为新一轮拆建的巨大动力。仿佛是魔术一般，我们的城市被越来越多的外来者撑大了胃口，不断吞噬了郊区的农田，又接纳更多的外来者，居然就这样呈现出了都市气派……

那天，我无意中看到一片刚刚拆除了旧楼的空地上，有一堆肢解了的模特儿。粉红色的身躯，凸出的乳房，横陈的玉腿，居然与破塑料袋、旧报纸和沙尘瓦砾为伍。也许就在昨天，她们还披着时髦的装束，骄傲地站在店堂里，点缀着衣香鬓影的街市，诱惑着无数虚荣心颇强的女人。有谁讲得出这些模特儿被废弃的理由？这犹如我搞不清饮食店一会儿是兰州拉面，一会儿是意大利披萨饼，一会儿又是重庆烧鸡公，车轮大战似地演绎着怎样的商业奥秘？台湾商人开设的“华典咖啡语茶”，不俗的店招使用的又是何种文法？

是的，我们历来信奉人气指数。人多热气高，人是最可宝贵的财富，有了人就有一切。战国时期的晏子独自一人出使楚国，楚王很想奚落他一番，说齐国难道没有人了吗？他不慌不忙回答，我们齐国的都城有成百条街道，几万户人家，张开衣袖就能遮蔽太阳，挥把汗水就像下雨一样，街上行人摩肩接踵，怎么会没人呢？——这便是成语“摩肩接踵”的来历。晏子的机智，犹如我们这个不断变脸的城市的机制，确实建筑在了人多势众的基础上。

我在这个城市居住的时间很长了，长得连自己都不相信。可以毫不羞愧地说，我是城市变脸的参与者和见证人。可是没想到，如今走在大街上，熙熙攘攘的到处都是车流、人流，能够握手点头的人却越来越少。我从一张张陌生的脸，猜测着他们的来历。二十来岁的大致来自四川、河南、陕西、江西或是苏北。中年人则有很多携妻带子是从海峡对岸过来投资的。也时常出现白皮肤、黑皮肤的老外。值得一提的是温州人，他们像候鸟一样，在世界各地飞来飞去。又乐意做人家不屑一顾的小事，而且转眼之间就能把小事做大。靠小商品经营起家以后，他们又把赚来的钱投向了前景广阔的高科技产业。对了，应该承认，改变我们生活方式的，还有从海峡对岸飞过来投资置业的台湾人。用闽南方言演唱的歌曲《爱拼才会赢》之类，居然被很多本地人唱得丝丝入扣。

如果稍稍留意，不难发现街头那些许多曲线玲珑、穿着入时的女孩，在华灯初上时，伸手招招，让出租车在她们的身边刹住，然后扬长而去。到了子夜时分，又由出租车把她们送回原址。不管她们浓妆艳抹，昼伏夜出，具有如何暧昧的形象，但她们终究占据了一片土壤，并以自身的方式推动了消费。总之，外地人与本地人一起创造着致富的神话，使 GDP 的数字节节上升，让城市的每条血脉、每寸肌肤、每根筋骨都获得滋养,迅速地膨胀。然而,我也知道城市资源的不足,尽管每一间教室都人满为患,文盲率仍令人懊恼地上升。与汽车的泊位一样,自来水和电力的供应显得十分紧张。住宅区星罗棋布,房价却与时俱增。在流光溢彩的另一面,阴影忽而缩短又忽而拉长……

变脸,是城市的拿手戏。尽管她的名字永远也不会改变,游子们却难以辨认它的相貌。作为商业的集结地,它因经济利益驱动而追逐时尚,每时每刻以新的招术给人视觉冲击,然后让他们把口袋里的钱乖乖掏出来。领风气之先的人是不喜欢一成不变的,但谁会探究那些在动人的微笑、体贴的呵护和文雅的举止之后的隐秘呢?

街市的夜晚,差不多是由灯红酒绿的饭店、夜总会、时装屋和咖啡馆所组成的。自然还有款款步出轿车的珠光宝气。城市的每个角落里,欲望和诱惑,聒噪和机巧,冒险的冲动和愤怒的无奈,矜持的笑靥和失落的叹息,时刻纠缠不清,却又化为一股疯狂的动力。你要么成为动力的一部分,要么被它冲撞得体无完肤。似乎找不到别的方式。W·惠特曼在他的诗中说过:“全世界没有一头动物是有名望的或不幸的。”他觉得他能回头去与动物共同生活,因为它们是如此安静和自足。它们不为自己的处境而冒汗或诉苦,它们不在黑暗中睁大眼睛躺着并为自己的罪孽而哭泣。事实上,惠特曼错了。他忘记了,恰恰是不满与不幸才使人磨练成为人,恰恰是骚动与不安才使城市膨胀成为城市。

当霓虹灯在楼顶争艳斗奇时,我看到在尚未竣工的由芦扉挡风的新楼底层,一群外地民工正就着花生米和酱牛肉,津津有味地喝着土烧,喉咙吼得很响。别看他们眼下居无定所四处漂泊,过不了多久,他们就会把妻子和孩子接来,使从前的憧憬成为现实。哦,是谁说过,社会分工一旦掺入了经济的因素,就日臻完美了?

确实,在这样的城市中,只要你肯努力,就可以赚到足够的钱。与此同时,每天又有无穷的压力。因为一旦你想到别人的钱比你多得多,你口袋里的钱就变成了薄薄的纸片。我认识一位皮肤黑黑的年轻人,他单身推着独轮车从苏北跨过长江时,口袋里只有100元钱。然而他从挑土方做路基开始,干别人不屑于干也干不来的苦差事,如今已是拥有一两千万资产的董事长(但与他一起乘渡轮过来的人,至今仍两手空空)。在城市变脸中,他无疑是战绩卓著的功臣。他和他的弟兄们,心安理得地成了我们这个城市的一员。

曾几何时,我们这些城市的土著们,却成了一个既不富又不穷、既不甘心落伍却又难以进取的中不溜儿的群体。然而这丝毫也不妨碍城市的嬗变,真的。

城市是拆出来的

一位朋友告诉我，幽默的北京的士司机将 China 说成"拆哪"。真是很有意思。可是华夏大地的每一个城市几乎都在拆，差不多已经拆了一个世纪，最近几年拆得更多。如果不拆，何以谈建？

一个城市的生命史，或许用两个字就可以概括：拆与建。拆，是为了建；建，是为了拆。它们永远在循环着。

世界上有不少被夷为平地的城市，比如毁于地震的旧金山、唐山、阿加迪尔，毁于原子弹的广岛、长崎，在灾难过后，人们很快以现代化手段建设起了更加美丽的新城。

当然，并非因为这个道理，今天的很多城市才纷纷脱胎换骨。拥挤简陋的旧城区只要一拆，那片土地便身价百倍。

半年前，这里还是农田、排灌站和散落的民房，但现在已纵横着宽阔的马路。刚刚合拢的跨江大桥上焊花迸溅。一幢幢披着脚手架的厂房正拔地而起。指示牌上的彩图显得那么气势磅礴。唯独河边几棵寂寞的老树，记忆着岁月沧桑。

城市的骨骼和筋脉，在机声隆隆中诗意地铺展。是的，过不了多久，它的肢体就会变得肌肤丰润、血脉流畅、神采飞扬，穿上漂亮的衣衫，佩戴时髦的首饰以后，更加令人刮目相看。

这片曾经响彻蛙鼓的土地，连水稻、油菜和小麦的根都被拆迁了。难怪有人说，今天拆建一座新城实在很容易。我想，能看到城市像婴儿似地呱呱坠地，倒是一件挺有意思的事情。

那年，安徽凤阳小岗村的农民在一张白纸上按下了他们的手印，深深浅浅的红色宣告了一个时代的来临。

从此，农民们可以自由地使用土地，也可以在家门口开办工厂和商店，甚至可以大伙儿凑钱，建造一座城市，一座属于他们的从事工商业的城市，然后当一个真正的城里人。

其实，每一个城市都挤满了农民。越是膨胀迅速的地方越是这样，比如上海，比如深圳，比如今天许许多多的沿海城镇。门户一开放，农民就挤进来了。他们足以使城市像发了酵的面团一样，向四周膨胀。

不过，一个速生的城市能否形成自己的文化个性，这未免令我杞忧。

不止是农民。有人曾经打过一个比方，说在我们这个城市的某家饭店吃饭，一桌十个人中，也许有三个是台湾人，五个是外地人，而只有两个是本地人。仔细查查他们的出身，发现其中一个也是以前从外地迁来的。

移民城市，正是这样以迅雷不及掩耳的速度形成了。

别的不说，光是饭店酒楼呈现的异域风情，就让你目不暇接。什么日本料理、韩国烧烤、意大利披萨、英国小牛排，以及四川麻辣烫、兰州拉面、新疆羊肉串，应有尽有。那些灯光朦胧、音乐轻柔的咖啡馆、酒吧，一直到子夜时分仍然人影幢幢。

上海人曾经把自己区域之外的地方称为乡下，趾高气扬地将生存空间搞得很纯。事实上，作为移民城市的上海，成分是最不纯的。正是因为不纯，才有可能纳八方精华，拥有傲视天下的资本。这犹如大海，海纳百川，你能说它很纯吗？可又怎么能说它不纯？

一个新城在被造出来之前，充满了炊烟牧歌、竹篱阡陌。难怪城市人喜欢营造植物园和动物园，因为在那里能够找回自己的童年。

人，就其个体而言，是一种弱势动物。一岁牙牙学语，两岁蹒跚学步，三岁才能勉强表达思维。而那些四条腿的兽类，只要咬断与母体相连的脐带，就可以站立起来，并且设法去寻觅食物了。它们的咆哮是勇猛的象征。

人有爪牙却无法自卫，人有肌肤却不能御寒，人有筋骨却难以匹敌。

然而，在漫长的物竞天择中，人终究成为万物之灵、万物之冠，成为地球上最灿烂的花朵。没有哪种动物能够与人相比。

一个本质的原因——人具有乐群、互助、服从的特性，所以能够聚集成群，并且按照一定的秩序，在城市中营造起适合自己生存的社会。社会是人生的依托、生命的摇篮，它足以帮助人们凝聚起伟大的力量，抵御自然界中的强敌。

正是不断的选择和淘汰，促使人类改善自己的社会性本能。

城者，城墙也；隍者，护城河也。从前的人们常常设立庙宇祭祀城隍，这意味着城市发展以后，族姓地祇祭祀的扩大。据《周礼》记载，古代有八种祭祀，城隍即是其中之一。

上海的城隍庙，曾经是全国和国际通商贸易的保佑神，逢时过节香火鼎盛。但如今,却变成了特色商店密集、园林环境优雅、游客来往穿梭的旅游热点。人们前来这里“白相”,更多地是为了休闲和购物,享受紧张工作以后的一份轻松。同时也可以买到各种各样别处难以寻觅的小商品。所以,“老神隍庙”这个老字号,很快被“豫园商城”代替了。

——名字是重要的,但名字的变异更重要。

也许,拥有天南地北的方言俚语,拥有多姿多彩的生活方式,拥有各种各样的物质聚散场所,便构成了城市形态。它的文化积淀却必须经历一个漫长的过程。你可以在三五年间造出一座崭新的城市,但三

老屋的瓦楞

五百年也未必能够造就一个世界级的艺术大师。

法国有两个毫不起眼的小城：奥维尔和阿尔，前者是凡·高疾病难耐、开枪自杀的地方，后者则是他精神病发作之处。然而，凡·高一生中最杰出的作品却都是在这两个小城里完成的。生命中的最后两年，在精神病反复发作的间隙，他居然仍十分精确地把握着色彩。

1890 年 7 月 27 日，凡·高在奥维尔给弟弟提奥写信说，我们正冒着生命危险从事自己的事业。好歹我们只能让我们的画去自述了。37 岁的他觉得自己的情绪很好，十分热爱艺术和生活，但是否应该娶个妻子，一时没有把握。谁知，仅仅两天以后，他便与克莱恩、伍尔芙、海明威等人一样，走上了以自杀结束生命的道路。

他太热爱艺术了。在与朋友争论艺术时，尚且可以用刀子割下半只耳朵，以示愤怒，为自己的生命结局选择一种极端的方式，也就毫不令人费解。

艺术家的精神都市，永远在他的作品里。

当我的汽车在接二连三的红灯前受阻，心里总是感慨，人类在为自己制造便捷的同时，也往往给自己带来麻烦。然而，一座无车可堵的城市，永远是萧条的。

我们这个城市原本只有一辆吉普车，还是军车。有一次我的女儿被驾驶员抱上车，想带她出去兜兜风，竟吓得她哇哇大叫。

今天却满街是车，私家车的数量也每天都在增加。车多了，马路必须拓宽；马路拓宽了，车更多。马路上根本没有马，它不仅是车路，而且是车河。坐汽车有时比骑自行车还要慢，可是各种最新款式的汽车刚一出厂，随即出现在我们这个城市的街头。

我问一位有车族:驾车是你的行为方式,还是你的身份象征?

他笑着回答:在很大程度上,车和钱是有共性的。偶尔我会为此感到很得意,但更多的时候我只是把它当作一件工具。

写在城市的脸上

世界上最有力量的是什么?

不是金钱,不是权位,也不是核武器,而是文化,蕴涵了深厚历史的文化。随着时间的流逝,一切资源都有可能枯竭,惟有文化像江河一样生生不息,渗透人们的心灵。

时至今日,已经没有哪个城市不懂得文化形象的可贵了。越是现代化,越要形神兼备——形是经济,神是文化。于是从口袋里掏出大把大把的钱来,建造博物馆、图书馆、美术馆、科技馆。

但,仅仅是形象工程,便未免显得太浅薄。有了典雅高贵的音乐厅,必须有足够的经济力量来支撑,更必须有一流的艺术家来演出,有一流的观众来欣赏,否则,文化只是书写了在城市的脸上,生动是生动了,却缺乏持久的底气。

文化不能不渊源于历史,也不能不伸向未来。能带来精神愉悦的文化,还未必能构成物质的舒适。所以,重视文化的人是聪明的,从事文化的人是愚笨的。

有一则故事说,外星人来地球考察动物,回去报告说,印象最深的是三种动物,一种动物叫猴子,喜欢吃果子,吃了就玩,玩了再吃;一种动物叫老虎,喜欢吃小动物,吃了就睡,睡了再吃;还有一种动物叫人,喜欢一种花花绿绿的名叫钞票的纸片,为了钞票他们宁可整天忙忙碌碌,累死累活。

是的,谁也不能离开钞票,钞票能买卖欲望以及其他物质。难怪袁世凯当年皱着眉头说,钱是个王八蛋,可是要办事情的时候,离开了这个王八蛋还真的不行!

人类繁衍了一百万年,终于进入文明社会。不仅发明了原子弹和氢弹,顷刻之间就能炸毁几十个地球,还发明了克隆技术,足以把自己的躯体复制出来。但,我们像森林中的动物互相追逐,却无法像它们那样平静而又快乐地生活。便常常叹息道:真累,真烦,真没有意思!确实,活在世界上,我们原本是不需要太多财富的,欲望却催逼着自己,给生命追加无穷无尽的负担。

——人生的文化乐趣,不正是我们受到环境重压而失去的一种最重要、最普通的东西吗?

追求精神的高度,这是一个哲学的命题。

无论在校园内还是在校园外,最时髦的语言,是号召青年人如何取得事业的成功,但很少教育他们如何做人(也许这会显示观念的陈旧?)于是,人们对物化偶像的崇拜,远远高过了对精神高度的向往。

哲人总是崇尚精神的。他们说,希腊女神没有衣柜,没有丝袜,也没有文胸,甚至不懂得口红和胭脂。但是自古以来谁不认为她们除了美丽,还很崇高?从奥林匹亚山上走下来的英雄们,总是袒露着油亮丰隆的肌肤,那种与生俱来的健康,该具有何等的征服力?

是的,我们曾经有过"瓜菜代"的日子,物质生活极其粗糙。今天,早已摆脱了贫困,精神却显得粗糙起来。除了追逐时尚与金钱,别的什么都失去兴趣。不读诗和散文,不懂得沉思默想,也不习惯寻找心灵的感觉,甚至连用餐也只会伸直了喉咙灌酒。偶尔玩玩现代艺术,只作为一种标签,毫无深意。

即便如此,我们仍不必杞忧。时代潮流总是在不断地向前,而且永远以青年人汇合的波涛为标志。

东西方文化的遭遇或者说碰撞,是一种必然。

中国的文化人历来只能在试卷中寻找晋升之阶。从隋文帝废止九品中正制,到清光绪三十一年(1905 年)推行学校教育止,漫漫 1300 多年,每届抡才大典,都是以一纸定终生。科举既提供机会,又断绝仕途;既遴选人才,也湮埋俊杰。

但,这个我们曾一再批判的科举制度,在英国人的眼里,却是对世界文明的一项杰出贡献。他们在详细考察,讨得这一"利器"之后,便创立了一套日后闻名于世的文官体制。先是在印度试行,又在英国本土及日不落帝国的属地广泛推行。

到了资讯非常发达的今天,某些西方人对于中国依然是无知的。他们看了电影《大红灯笼高高挂》以后,好奇地打听:"中国的男人难道真的有四张床吗?"这恰如我们不理解西方人为什么不愿意生养孩子,宁可花费大量精力养狗,把狗看得比朋友或亲人都重要。对于中国人来说,狗是贬义的。否则怎么会有"走狗"、"狗急跳墙"、"狗眼看人低"等等的词语?

就生态文化而言,两者也有不少差别。受先贤"开荒南野际,守拙归园田"思想的影响,中国人喜欢直接生活在绿色大自然中,而西方的环保觉醒者,则是吸取了破坏自然的教训,对大自然的绿色更加珍视。

文化,往往是很难量化的。

比如,完全不懂的书和完全熟知的书,我们很少去读。倒是那些介于懂与不懂之间的书,总是令人兴味盎然——在一知半解之后,慢慢地知其大概,解其真谛。

又比如,艺术家,那种在生活的真和假之间寻找一条狭窄通道的人,擅长把假的变成真的,把真的变成假的。他们的工作,就是巧妙地安排每个人物的命运,让他生就生,让他死就死;喜怒哀乐,瞬息可变。可是,当他要安排自己的命运时,却往往手足无措。

一个艺术家一辈子创作出一部传世佳作,便足可告慰平生了。正是因为不知道哪一部最好,才孜孜不倦地伏案笔耕,默默期待理想中的收获。或许,他会来不及品尝果实的甘甜,甚至无法完成构思,但真正的幸福却早已弥散在播撒种子和浇灌心血的过程中了。要不,即使是天才也可能半途而废的……

大自然中,最为壮丽动人、变幻无穷的,是日出和日落。太阳与云彩制造的景象,能让人感受到生命活力的蓬勃涌动,无怪乎涂鸦于山岩的原始壁画,多有象征着希望和热情的红色。史前时代,纯朴的先民正是为了得到心灵的慰抚,才创作出这样的艺术品。

先民们用泥土制作各种陶器,固然是为了实用。但是日用性和艺术性之间从来就不存在天堑。不同的曲度和多弧组合的变化,必然会影响肩的高低、足的宽窄、腹的隆收,使灰黑色的器皿林林总总,呈现令人震慑的艺术风范。

在被越来越多的钢筋混凝土包围的城市里,我们想方设法观察日出或日落,或在陶吧里玩弄泥土,随心所欲地将它做成奇形怪状的东西,再施以彩绘,该是为了触摸原始文化的开端,提醒自己别忘了生活的本源,唤回逐渐磨损的童心吧?

是的,不管经历了多少岁月轮回,现代文化仍无法逃脱这个基本原则——美感是生物的本能。

收藏城市

秋日的一个下午，我在柏林市中心的佩加蒙博物馆，走进他们收藏的小亚西亚海岸的亚述城，静静注视着由石块砌成的宫殿、花饰精细的券门和仍在呼吸的栩栩如生的雕塑。历经风霜雨雪，依然坚不可摧，漫漫岁月全都凝聚在每一条皱折间了。曾经引发出旷世之谜的“司芬克斯”像，一件又一件精美绝伦的青铜工艺品，还有那裸露着肌肤的人体雕塑，构成了古城的骄傲。

3000 多年前的生活是那么具体，让人伸手可抚。

亚述，这个曾经很兴盛的古代西亚奴隶制国家，在军事技术、王宫建设和泥板文书收藏方面，都有足可称道的成就。那些保存得很完整的印有楔形文字的泥板，传递的是关于古城细胞的信息。最耐人寻味的，或许是法典，其中有很多条是关于家庭法的。统治者对于罪犯，除了体罚，还有强迫劳役，削去鼻子、耳朵和手指，用木刺穿身、沸油浇头等手段，不可谓不残酷。

因为时差，倦意偏偏在这个时候向我袭击，挥之不去。我在石阶上坐下来，阖拢涩重的眼皮。不知怎么的，只觉得一缕精魂飘飘忽忽地脱离了躯体，飞向了远古的江南水乡……

杭州郊区良渚镇，大观山果园，考古学家曾在这里发现了总面积达30万平方米的人工堆筑的大土台。基址中，居然有大片夯层、夯窝，以及成排的大型柱洞。当地农民说，前几年还发现过一条壕沟，沟里有数米长的带有榫卯结构的大型方木构件。如此大规模的人工堆筑台基，如此大面积的红烧土坯堆积，都在证明一个惊人结论：这里曾经有过高规格的建筑群体，这里是一座原始的都城！

用考古界泰斗苏秉琦的话说，4000多年前的古杭州，就是在这里。西湖边的杭州，是后来逐步搬过去的。

能够实施这样一来大规模工程的年代，显然已经出现了高于氏族部落的稳定的政治实体。当时，农业已成为基本经济形态，人们大量种植水稻——主要是籼稻，也有一些粳稻，并开始饲养家畜，除了猪，还有牛和狗。包括梅花鹿、四不像、獐、麝在内的鹿科动物，和包括鲤、鳢、青、鲫在内的鱼类和水龟、蚌类，是人们的渔猎对象。

不仅仅是良渚镇，太湖流域不少地方发现了长方形的居住建筑遗迹。聪慧的先民在长期的摸索中，学会了采用榫卯技术的木架结构，房屋的墙面以编织的芦苇涂泥筑成，并用芦苇、芦席、竹席和草束盖顶。屋内的地面用碎陶片、小砾石、螺蛳壳的碎末掺进泥土筑成，再在上面铺垫泥沙，夯实、烘烤，使之坚硬平整，又有很好的防潮性能。有的房屋室外还有排水设施，以及平整的供人们室外活动的场地。

城市，人类栽种于地球的绚烂的文明之花，早在四五千年前，就在太湖流域广袤无垠的土地上到处开放了。但，终因遭受了自然灾害的摧残而迅速萎谢。

公元前2000年，地球气温急剧下降，连续出现了三次九星地心会聚事件，终于导致灾害群发。“汤汤洪水方割，荡荡怀水襄陵，浩浩滔天……”《尚书·尧典》的记载，恰恰是对洪灾的生动描绘。特大的洪水和持续的严寒，使自然生态遭受严重破坏。正在竭力谋求生存和发展的人们，受到了沉重的打击。一度辉煌的良渚文化古城群落，突然从地球上消失了。

不，它们没有消失，它们还存在。古杭州、古苏州，以及许许多多没有名字的古城，被收藏在了被称为“中国的土筑金字塔”的大土墩下。揭开土层后，人们惊讶地看见，那些黑皮陶器、石斧石钺和玉琮玉璧，一件件手工艺品精美绝伦，令人难以相信出自毫无机械设备的年月！

非常值得注意的是印度河流域的许多有了数千年历史的城市，也因遭受劫难，从文明发祥地抹去了痕迹。莫亨朱达罗（死亡之丘）便是其中最大的一座。

在考古学家们把它的遗址从泥沙和荆棘的覆盖中发掘出来前，人们都以为这是一处荒芜的坟地。但，废墟中出土了保存完好的城基、房基，街道和水沟清晰可辨。原来，这是一个经过规划、设计，布局十分严密的城市，可以想象，当年赭红色的城墙内商贾云集，印度河上舟楫往来，该是多么繁华的景象啊！出土的许多珍贵文物，尤其是那些形态逼真的陶俑，艺术地再现了彼时的社会生活。看，一尊教王塑像，头系发带，面蓄胡须，左肩斜搭一件三瓣花图案的大氅，弥散着神圣气息。一尊全身赤裸的舞女塑像，佩项链，戴手环，叉腰翘首，显示出奢华之风。

印度河流域的文明，曾经是何等的令人瞩目。肥沃的土地，丰足的水源，孕育了发达的灌溉农业，派生了植棉织布业和养羊剪毛纺织业。当时必然有了分工明确的工匠与商人。城市就在经济力量的刺激下蓬勃起来。

然而，距今 3700 年左右，一场猝然而至的大地震，竟将古城的文明之根拦腰截断。几乎在同时,连续的暴风骤雨令印度河肆虐泛滥,于是蚊蚋成群,瘟疫流行,残城被彻底摧毁。可怜的幸存者纷纷四处逃散,去别处栖身。古城的土地上到处是断墙残垣,尸骨横陈,一片惨状……

不知是匆匆几分钟,还是经历了数千年,我把自己游离的精魂收了拢来,重又回到了现实中。身边那些参观博物馆的人们,望着历经沧桑的城墙与券门,似乎谁都有心灵被震撼的感觉。

是的,亚述古城也好,良渚古城也好,莫亨朱达罗也好,毕竟都在地层中保存了下来,成为地球的收藏品,让今天的人们有回望往昔尘事的依据。只要切开脚下的土地,从断面不难发现,它是一层一层增添、堆积的。漫漫四五千年的岁月尘封,并非虚词,而是一种实在,它足有一人一手高,将什么样的宝贝都完好地收藏了。历史,不正是由于残存,才分外值得珍惜吗?

那么,还有多少不曾遭受自然灾害洗劫的古城呢?它们又为何消逝得无影无踪了呢?除了战争(比如项羽连续三月火烧秦都咸阳,比如原子弹对广岛、长崎的摧毁),还有什么人为的因素,使古城变得面目全非?

城市其实也像人类一样,是一具生命,有生老病死、兴衰存亡。假如哪一座城市不时刻进行新陈代谢,必然会失去应有的活力。飞速推进的现代化在与沉淀的传统文化碰撞中,又让人觉得难以取舍。古城苏州,都说仍保留着春秋时期吴王修筑的阖闾城格局,可今天谁能一一盘点,存留的盘门中,哪几块城砖是3000年以前砌进去的?南京的城墙也许是保存最完整的,它的历史从朱元璋定都应天府算起,至多600年,此后又经过了多次修整……

不,我想讨论的是另外一个问题。如果说,它们还多多少少保留着历史的遗存,而某些本该有历史风貌的城市,却在建设中变得面目全非,甚至连一片前人的瓦砾都不愿收藏,让人无法辨认。大拆大建,自然很能让地块迅速升值,让街区焕然一新,让车流畅通无阻,这恰恰是政绩的显示。所以,在指挥棒下,许多上了年岁的房屋在一夜之间夷为平地,于是,摩天大楼替代了小街深巷,广场绿地更迭了黛瓦蠡窗,豪华是豪华了,气派也气派了,然而谁曾想,历史被割裂了,文化内涵被肢解了,城市的个性荡然无存——这里的一切都是模仿的、划一的,脱胎于某个粗率的概念。过不了多久就会发现,当初花大力气搬来的时髦,已无奈地被新的时髦所淘汰,或者仅仅成了一件并不值得收藏的摆设。

“百年大计”这句话,在热热闹闹、轰轰烈烈中被消解了,该是一种怎样的时代悲哀?

我想起了德国城市德累斯顿。日夜奔流的易北河,众多的建筑和艺术珍品,使它成为世界上最美丽的城市之一,素有“易北河上的佛罗伦萨”之称。1945 年 2 月,英美盟军的飞机轮番对它进行突然袭击,4500 架飞机组成的大规模轰炸,一个半小时就将占地 15 平方公里的市区夷为平地。惟有一座教堂幸存。但后来,大量古建筑几乎全都按照原貌复建。茨温格尔宫和圣母教堂,依然是阿尔贝廷家族、萨克森选侯和国王把这里作为驻地和首府时遗留的气派。塞姆佩尔美术馆里,收藏有拉斐尔的名画《西斯廷圣母》等无价之宝,而森珀歌剧院华灯高张的夜晚总是有优美的旋律在回响。滨河的林荫大道,被称为“布吕肯坡地”,当初是王孙贵族的游乐花园,甚至吸引整个欧洲的游客都来这里相会,因此获得了“欧洲的阳台”的雅号。它是人们德累斯顿的黄金岁月中美好理想的标志,是金钱与艺术结合的象征,在这个阳台上,让人看到艺术之都的荣耀和痛楚、辉煌和创伤,也想起了战争与和平这个悲壮的命题。

德累斯顿被收藏了，作为一件精美的复制品。

哦，我们的政治家们，我们的建筑学家们，难道就不想多建造几座值得收藏的楼宇和城市，让我们的子孙后代在千百年后还赞叹不绝吗？

怎样生活在天堂里

元代的词人奥敦周卿写过一首《双调蟾宫曲》:“春暖花开,岁稔时康。上有天堂,下有苏杭”,将丰饶的江南水乡比作天堂。美国前总统尼克松访华时,曾让人提供一句不受时空限制的中国谚语,他得到的便是这一句“上有天堂,下有苏杭”。

蟾宫、瑶池、琼宇、玉楼,这些天堂的建筑物,笼罩在缥缈的云雾中,这是前人的想象,也足以勾起后人的想象。但,因为不知道仙人能否品尝到香喷喷的白米饭,所以谁都只愿做俗人——与谷相伴的人。

人总是以一种不知足的心态去生活,漠视已有的幸福。我们这个充满了竞争的社会也并不赞成知足守常。殊不知,期待中的天堂,其实是人们依照自己良好的意愿构筑出来的。或者如西方人所说,上帝和我们同在,天堂正握在我们的手里。

昨夜江南春雨足,桃花瘦了鳜鱼肥。难道这正不是天堂的锦绣美景?

中国香港摄影家陈复礼是一个唯美主义者。他不像卡蒂·布列松那样徘徊街头,随机抓拍,使作品具有新闻一般的真实,而是喜欢以手里的相机作笔，以胶卷作纸，精心描画出比世俗生活更纯粹、更诗意、更完美的景象。

我读他在古镇周庄拍摄的那幅《家家扶得醉人归》。三元楼、太平桥、石驳岸，以及在桥上悠闲行走的老人，无不在碧波荡漾的水面上奇

水乡古桥

异地变形，每一根线条、每一抹色彩仿佛都在水波中摇移。他别出心裁地采取国画的写意手法，描绘镜头前的一切。于是普普通通的水镇景

观，艺术地注入了“醉意”。

在纪实与虚构之间，他心目中的天堂出现了。

原来，从人间去往天堂有一条长梯，那就是——想象。

1881 年的圣诞节，凡·高因与父亲发生口角而离家出走。来到阿姆斯特丹女友凯的家里，他激动地把手放在一盏汽灯的火苗中，说让我见见她，哪怕见面的时间像手放在火苗中的时间一样长。然而当时凯的家人就把汽灯关掉了。

在这寒冷的冬天，他无意中遇到了一个被遗弃的孕妇西恩，并请她当模特儿。无法支付全部的工钱，只是分享他的面包，免受饥饿。西恩比他大两岁，不再漂亮，不再年轻，不再妖冶，但是并不愚蠢，适应周围环境时充满了善意，让画家感到对自己很有用。

终于，因为互相依恋，凡·高打算娶这个女人。他明白，如果让她独立生活，苦难将迫使她回到通往绝境的老路上去。他愿意把全部的爱和全部的体贴给予她，让她振作起来。而她确实也振作了起来。

正当他穷困潦倒时，弟弟提奥寄来了 100 法郎。凡·高说不出来的感激。他不得不承认和一位怀孕的妇女在一起简直是度日如年。为了忘记尘世间的烦恼，他干脆躺在一棵老树干边的沙地上，埋头画这棵老树的素描，让思绪远离现实之外。28 岁的凡·高明白生活也像绘画一样，必须神速而果断，闪电般地勾画轮廓。盯住面前的东西，手不能颤抖，眼不能走神。

于是他走进了五彩斑斓的天堂……

在豪华宾馆附近的石阶上，坐着一个手艺人。他的手里拿着一大束用芦叶编成的蚱蜢，静静地等候买主。只要卖出一只，脸上便流露出心满意足的神色。

那些蚱蜢是绿色的，浅绿，墨绿，明绿，栩栩如生。

随着父母亲去宾馆吃饭的孩子，都忍不住兴奋地朝它们看一眼。难得会有父母为孩子买一只。也许他们觉得，如今陪伴孩子们的应该是钢琴、电脑、游戏机，或者是外语读物。而这种草编的乡下玩具，档次实在太低了，没有必要带进这么金碧辉煌、一尘不染的场所。

他们以为用金钱和权力构筑起来的地方，不是天堂，胜似天堂。谁知在孩子眼里，还不如那一只只透露自然气息的草编蚱蜢。

天堂的含义，往往因人而异。

一个哲学家断言，凡是人在尘世间所渴望得到的东西，带给他的痛苦总是大于快乐，比如金钱、名誉、肉欲、权势。只有在天堂里，才什么都解脱了，尽可诗意地生活。然而，在尘世间，人们不管什么痛苦与快乐，依然熙熙攘攘地追逐着。

常常听很多人这么讲，当我实现目标的时候，就再也不用劳精费神日夜忙碌了，就可以过神仙般的日子了。可是人的欲望永无止境，有了五万会想得到五十万，有了五十万会想得到五百万。对于五千万来说，五百万仍只是个区区小数。不过，想在阿拉伯数字后面加上一个或几个零是很容易的，成为现实却需要消耗一辈子或几辈子的智慧。

劳累了一天，终于酣然入睡。在甜蜜的梦境中，瑰丽灿烂的天堂出现了。那是一幅多么令人欢欣鼓舞的情景啊。直到清晨醒来，仍然沉浸在无穷的回味里。可是……可是现实并非梦境，匆匆吃过早餐，又得出门赶车，不辞辛苦地干活。

上帝对亚当说："直到你安息时为止，你要汗流满面地去获取面包。"我想，终日跋涉于泥淖并不可怕，只要梦境中出现天堂，就能够诗意地生活……

这是禅学大师铃木大拙讲过的一个故事。

他说，禅师云门为了悟见产生于宇宙并且包含自己卑微生存的生命真谛，特意去参拜睦州。要求了三次才得到接见。睦州问他："你是谁？"他说出了自己的俗名："我是文偃呀！"当要求到被允许入门时，睦州仍抓住他叫道："说啊！说啊！"云门犹豫不决，睦州于是把他推出门外说："咳，你这个没有用的东西！"因为房门关得快，云门的一条腿被挤断了。断腿的巨大创痛提示云门，使他从此悟见了伟大的生命事实。

他不再是一个焦虑而乞怜的和尚。他觉得自己所获得的了悟，完全超过了对断腿的补偿。

这个故事让人想起了孔子的那句话："朝闻道，夕死可矣。"

对于真理的追求，历来是要付出代价的。为了寻找能够打开智者心灵大门的钥匙，许多思想家以我不下地狱谁下地狱的精神，苦苦地求索，经历着持久而又艰难的道德选择。

在他们看来，这正是自己从地狱走向世界天堂，也是帮助别人从地狱走向天堂的过程。

知足长乐，眼下很流行的一句话。

确实，生活在小康社会中的我们应该知足了。没有枪林弹雨的威胁，没有监禁和酷刑的痛苦，更不知道饥馑是什么滋味。可以坐在电脑前发 E－mail 或者 QQ 聊天，可以骑自行车或者打的去上班。身体非常健康，即使生了病也享有医疗保险。银行里存款不算太多，但高兴的时候可以买一张飞机票上海南岛旅游或去北戴河度假，要是买了福利彩票偶尔还能中个小奖。那么，我们与所谓神仙般的日子还有多少区别呢?

偏偏人的欲望水涨船高，住了公寓房还想别墅楼，有了摩托车还要小轿车，走遍了中国的大江南北又想去东南亚和欧美看看。在经过了一次次的比较后，终于明白幸福之上还有幸福，天堂之外更有天堂。

也许正是如此，人们长久地在知足与不知足之间徘徊，在梦想与现实之间奔波，在天堂与地狱之间挣扎……

幸福的计算法

一

一位朋友很郑重地对我说:“我计算过了,我们所居住的地方,生活水准可以算是一流的。”脸上不由洋溢出幸福感。

幸福是模糊概念,有时甚至只是一种感觉,可他居然能将它计算出来,真是很新鲜。他说他有自己的计算方法,完全撇开恩格尔系数、工资与物价涨幅、社会福利设施之类经济学家的标准,但算过以后,却也让人找到自己的心理取向,成为知足者长乐队伍中的一员。

我想起有一次在成都开往陕西安康的火车上,遇见的几位教授。他们是去参加一个学术研讨会后顺道旅游的。大家无意中聊起了东西部经济的差异和互补。复旦大学的教授说,东部沿海地区也是经历过贫穷的。三十多年前他刚刚调回上海,在市郊农民家里借了间房子暂时栖身。当时菜场里根本买不到鸡,他就骑了一辆自行车,来到苏沪交界处的某个小镇,偷偷地买了一只草鸡,让全家人过一个难忘的星期天。这样的事,当时竟不敢公开做。

重提斯文扫地的往事,他却也满脸幸福。

我的那位计算出生活具有一流水平的朋友，确实从不怨天尤人，兢兢业业地做着一份该做的事，与蝇营狗苟与利欲者流完全不同。生活质量随着社会水准的上升而上升，却比别人少了一份无端的烦恼。

当然也有人讽刺为阿Q精神的。他不愠不火地笑道："你用假洋鬼子的哭丧棒打我，我还是这么计算……"

毫无疑问，再过若干年，回头看今天的"一流"，会发现根本不值得夸耀。可要是不计算，我们又该从哪儿去寻找幸福的感觉呢？

二

我去滇西北的丽江古城，听到了一个故事。

一位外国游客走在流水淙淙、古风依然的街巷里，举起照相机到处拍照，觉得一切都是那么迷人。无意中看见一个身体很健康的纳西族老太太，正悠闲地坐在家门口，一边品着浓浓的沱茶，一边饶有兴趣地打量着各式各样的游客。

于是老外与她攀谈了起来。

"老人家，你就是这样，每天用看风景来打发时间吗？"

纳西族老太回答道："是的，我已经看了好几十年风景，还想看几十年。"

"啊哈，"老外又说："看来你是觉得很有意思，才这样做的。这里很安逸、很宁静，是吗？"

纳西族老太说："是的，这里很安逸，很宁静。"

"可是你有没有想过，光是看风景，会感到非常单调？假如你找到一份赚钱的工作，然后努力地去干，就能有不少经济收入。你富裕以后，就能盖一幢漂亮的房子，就能乘汽车到外地去看风景，外面的世界很大啊……”

老太笑道:“我出过门,可比来比去还是丽江好。我每天在家门口看风景,已经很满足了,再也不需要别的什么。”

老外摊开双手耸了耸肩,满脸疑惑。但他最终还是理解了纳西族老太的想法,确实,她享受的安逸与宁静,是别人难以享受的。

这个故事使我想起了德国作家海恩里希·伯尔的随笔《懒惰哲学趣话》。纳西族老太的智慧,竟与伯尔笔下的渔夫有异曲同工之妙——别人以为她正在失去,她却说自己已经得到。

三

出身于农家的国画大师齐白石,曾经做过一幅《他日相呼图》。画面上的两只雏鸡,正奋力争食一条蚯蚓。画家是善良而幽默的,他希望幼稚的生灵长大以后食必相呼,互亲互爱。

然而,如果两只雏鸡在一条蚯蚓面前忍着饥饿,谁也不肯啄一口,倒是让人感到滑稽了。

在生存欲望的驱使下,人很难有理性的节制。谦让是永远不会毫无缘由的。人生目标的激发,常常令人抛开世俗的羁束,扑入竞争的涡流。

乞讨是一种方式,索取是一种方式。相比而言,乞讨是被动的,索取是主动的。一个乞丐必须指望别人的恩赐来安排自己的晚餐,但渔夫却能在滔天的海浪里捕获凶猛的鲸鱼。

作为竞争姿态,索取是理直气壮的。当然要支付代价、经受磨难,甚至久取不得。但是比起卑恭屈膝的乞讨,你展示着自己的价值取向,是那样的正大光明。志存高远者,不仅向世界索取,也向自己索取——

谁能想象,自己才是一口从未见过底的深井。

向他人索取,并不意味着以金钱来交换。索取与给予,其实是互相的。但是有一条必须记住:什么时候都应该站着索取,而不能跪着乞讨。

四

有一则古希腊故事说,某天,一艘轮船在海上遇到大风浪,颠簸得很厉害。船上的人都惊慌失措,只有一位哲学家神情自若。原来,他是由于看到一只贪婪吞食的猪,根本不为风浪所动,而大受启发。

他感慨道,这猪真是令人崇拜。真正的哲学家应该任何时候都不失态。

这位希腊哲学家未免偏激,竟然将猪放到了如此崇高的位置,真让人感到汗颜。可是仔细想想,内中的道理却挺深刻。

人生不是止水,总会出现许多不可逆料。泰山崩于前而色不变,风波骤起而泰然处之,就显得很重要。转危为安往往需要高超的心智,也需要好的心态。多思索而少激动,多镇定而少浮躁,多宽容而少嫉妒,多仁爱而少仇恨,人生才会变得更加美丽。

然而,欲望的无节制膨胀,往往使人丧失理智,一有风吹草动,便蜂拥而上。前几年经济界头脑发热的情景,不还在眼前?那时候一块砖头扔上街,能砸到三个经理。哪儿都把斗大的"发"字写在了门楣上,谁不抓住机会赚钱,谁就是彻底的傻瓜。可是结果呢?

一个总爱赶时髦的人是没有头脑的,一个太多流行的社会是幼稚的。我们正是由于不为自己的失态而惭愧,而常常失态。

平心而论,自以为高明的人,有时候还真的不如猪。

五

我在阳澄湖畔问一个承包了120多亩土地的农民，到了21世纪，你想干什么？

他不假思索地回答："当然是种田啦。添两台机器，还种这些田，腾出手来干一些副业。"顿了顿又说："我还想去日本看看，人家是怎么种田的。为什么收成那么高，还省力？"

他倾尽积蓄，建造了一幢漂亮的三层楼房，在村口很是引人注目。可是仅仅在春节期间住了几天，一开春，夫妻俩就住进了饲养场的简易房里。饲养场紧靠田头，圈里有几十头猪、上百头羊和一千多只鸡。他说躺在床上听到猪叫鸡啼，心里才能踏实。其实每天不等鸡啼，夫妻俩就起身了，一直忙到夜幕降临。

他说他的儿子和媳妇住在新楼房里，买了彩电和影碟机，在家里也能卡拉OK，可还是常常要去镇上的歌舞厅跳舞。他们在厂里上班，农忙时才到田头帮几天忙。有时干脆出几个钱，雇工割麦、莳秧。

讲这些的时候，他咧嘴笑笑，颇有些无奈。

他与村里的第一轮承包合同，是到2000年。看来只要身体还做得动，第二轮合同是必须签的。他说，种田种得。苦是苦一点，但效益还可以。有人不是已经把田种到海外去了吗？咳，要不是年纪大了，也真想去试试。

唯一的担忧，是将来谁当自己的接班人，把田种好。尽管这样的担忧还早了一点。

六

妻子是个有收藏心的人，什么东西都不愿轻易丢弃。

那天她找出一只褪色的票夹，里面竟放着一叠购物发票。仔细看去，买的都是当年的高档商品，诸如落地电扇、双卡收录机、自行车和彩电等，价格从一二百元到一二千元不等。它们早已被淘汰，如果不是看到收据，我根本不会再想起。

对，买过一台落地电扇，是骆驼牌的。“小骆驼走进大上海”，报纸上一宣传，很是受人欢迎。那时我住在一间陋屋里，酷暑难忍的夜晚无法入睡，便用一条草席铺在方砖地上。陈旧的方砖地泛着潮气，倒也能给人带来凉意。可是有一天草席上却出现一条火红的蜈蚣，爬在女儿的腿边，叫我大吃一惊。买了落地电扇，一家人像过节似地高兴——我们可以睡在床上了。

买电冰箱，是两年以后的事。记得刚刚搬家，尽管只有一室一厅，卫生间小得连浴缸都放不下，然而比起原先的房子，条件已大为改善。手头的钱也宽裕了些，恰好有朋友送来了一张冰箱票，赶快去买回家。后来，一位亲戚来玩，无意中拉开冰箱门，看见冷藏室里放的是咸菜豆腐和剩饭，忍不住笑了。在好长一段时间中，这一直是笑柄。

对，这一张发票是书店开的。托人去上海买了一套《简明不列颠百科全书》，灰色的布面精装，共十本。书买回来时，我又搬家了。是单位里新建的宿舍楼，三室一厅，煤卫齐全，环境也很安静。我首先想到的是要有一间书房，几口书橱。这个愿望在心地里已经蕴藏很久了，何况冰箱里有了鱼肉，衣柜里有了新衣服，就舍得花半个月的工资买一套书了。这套书以及别的许多好书，其实早该买了。从此以后，我不断地买书，几千册书终于构成了一面色彩缤纷的书墙。

薄薄的发票，带给人多少酸涩中含着甘甜的回忆啊。岁月正是在流逝中发生着渐变，如果不蓦然回首，很多事情怕是早已淡忘了……

精神的盐

有一种盐，能让一年三百六十五天都变得有滋有味。

它是人的精神升华到一定境界的结晶。

一

自古以来，人们孜孜不倦地探究着养生之术，企图使自己成为与造化并生、与天地精神相往来的“真人”。即使达不到这种境界，也祈望长命百岁，长生不老。于是仙丹灵药、妙方巫术、占卜圆梦，乃至斋醮祝咒、求神拜佛等等都应运而生。一包香灰也可以被奉若神明。

神灵这种超凡的力量，是遭受了太多灾难与折磨后的理想产物。早期的人类最关心的是肉体，到了关心灵魂时，已经有了很大的进步——把对生命的忧虑、对欲望的渴求和对社会的惊诧，转化为某种对神祉的幻想，确实可以获得心理缺憾的补偿。

难怪人们为了表达虔诚之意，不惜折磨自己的肉体。恰如黑格尔所揶揄的那样：“人所忍受的痛苦越可怕，他也获得越大的神的光荣。”

一代诗圣杜甫在贫病交加时，胸中已失去一泻千里的激情，觉得只要有药物医治就足够了。“多病所需唯药物，微躯之外复何求”，曾经拥有丰富精神世界的他，几乎把健康作为自己的唯一信仰。而今天，走出了封建迷信泥淖的我们，仍难免滑入铺花的歧路，甚至走得很远。

健康究竟是什么呢？

是四肢健全、五官端正、血脉畅通、精神焕发；是生物钟为保持固有的节律，总能自我调节；是任何时候都不愿被病魔所征服；是在经历了长久的窒闷后，终于轻松地舒一口气……

事实上，健康只是一种平衡。

不是吗，到了人生旅途最后的那一天，所有的重负都卸下了，心境无限宁静，对着苍天说一声："可以离开这个世界了吗？谢谢！"我们仍然是健康的。只不过肉体和灵魂换了另一种存在方式罢了。

二

苏格拉底，这个穷困石匠的儿子，鼻梁塌陷，衣冠不整，走在街头根本就无法引人注目。

他可以洗耳恭听以洗衣服养家的妻子的唠叨，却把谋生看作生活中最不值得注意的细节。无论是担任雅典参议员，还是年逾古稀时引颈受戮，他都在试图告诉人们：你们把过多的时间花费在空洞的欢乐和虚无缥缈的胜利上，一味挥霍伟大的上帝赐予的各种恩典，使自己的虚荣心和野心得到哪怕是几小时的满足。你们的生活毫无意义！……

这位矮个子的古希腊哲学家、街头演说家坚信，"塑造命运的不是上帝，而是我们自己。"这，恰恰是他在桌上没有面包，口袋里一文不名的时候得出的结论。

他什么时候都不知道忧愁。

但与之相反，有一种人注定了要过与众不同的生活，永远在孤独的思虑和求索中忧国忧民。如果他们不忧愁，那必然会有成千上万的人忧愁不堪。

一千多年前的苏州城里，生活着一个忧愁的范仲淹。他两岁就死了父亲，小时候上不起学，便一个人跑到古庙里去读书。常常煮一锅粥，等它凝固了，用小刀划成四块，分早晚两顿食之。买不起鱼肉，挖一些野菜用盐拌拌，已经觉得很可口。

也许正是他生于忧患，又不断经受远大抱负的折磨，终于在仕途遭受挫折时，发出了"先天下之忧而忧，后天下之乐而乐"的心声，直至今天仍余音绕梁。

三

庄子曾经讲过一个百里奚养牛的故事。

百里奚在养牛的时候，并不把卑贱二字放在心上，所以很努力地将牛养得很肥。后来，秦穆公看中了他，封他为五羖大夫，将政事交给他。百里奚并不感到很高贵，因而尽职尽责地把政事办得很好。

我想，百里奚显然是一个现实主义者，他非常懂得适者生存的道理。在这一点上，他与牛相仿。

牛的两肋没有生出幻想的翅膀，稳实的步履难免欠些浪漫。在它的瞳仁里，外部世界的所有景物都是成倍放大的，它便找到了安分守己的理由。面对虻蚋周而复始的进攻，只顾忙碌的它求助于人们点燃的艾烟，忍无可忍时才挥舞几下尾巴，将骚扰它的那些飞虫驱赶。

不再有扬鬃长啸的雄健，不再有日行千里、夜行八百的剽悍，甚至不再有群居的习俗。卧伏于圈栏，跋涉于泥水，在狭窄的田埂上驮起西坠的夕阳，仿佛已是它的全部。

我们这个民族历来倡导牛的精神：忍耐、刻苦、坚忍不拔，吃的是草，挤出来的是奶，在任何时候都有无限的承受力。可是往往忽视了另一面：拓新。所以，时代的牛车轮吱吱嘎嘎地走得很沉缓。

我认识几位现实生活中的“百里奚”。他们在命运跌入低谷时，也曾手执牛鞭，孤守牛棚，但心里却永远激荡着愤懑礌砢之气。也许，正是因为不甘于卑贱，一旦机会来临，他们终于一跃而起……

四

充满活力的生命，永远是不安分的，喜欢在波涛间弄潮，喜欢在云天上遨游，喜欢冒险、刺激、冲撞。澄明的眼睛里燃烧热情，足以将一切怯懦化为灰烬。

自信人生二百岁，会当击水三千里——这诗句是从血管里喷发出来的。才情是诗形，气魄才是诗魂。

乘孤筏漂流长江，靠绳索攀登悬崖，赤手空拳泅渡海峡……人们总是怀着巨大的征服欲和英雄感，去与大自然拼搏。尽管这完全可能悲壮地献出自己的生命。其实真正的失败，是自己把自己打倒。所以屠格涅夫说，“让我的鹞鹰也在我的头上盘旋吧！”

生命力的发挥需要刺激，人们便创造了各种各样的比赛。从点燃奥林匹克圣火的运动场，到平坦的田畈草滩，到处都可以看到激动人心的竞技。竞技让人将潜藏的能量释放。

确实，人不会平白无故地坚韧，意志力的支撑也并非毫无由来，很多时候是被逼出来的——诗穷而后工。置于死地而后生，到了毫无退路的境地，也就不顾一切地豁出去了。

两只蟋蟀厮杀，或许是断了一条腿的更加勇猛。因为它既然受了伤,就不惧怕再次受伤,乃至丢掉生命。

这正是哀兵必胜的道理。有时候我们不能取得预期的成功,不是没有能力,而是由于太爱惜美丽的羽毛。

令人感慨的是,人们也发明了吃的竞赛,诸如吃肉饮酒喝饮料等等。只是那些饕餮者吃得狼藉不堪的形象,未免令人生出深深的怜悯。他们何苦如此作践自己呢?

高尚者有高尚者的舞台,卑贱者有卑贱者的演出。我试图作这样的解释,可是连自己都不能满意。

囚禁者

一

春节前，去监狱探望一位罪犯。他原来是我的上级，共事的时候，彼此印象还不错。当我们在一个特殊的场合面对面坐着时，我发现，卸去了种种附加物的他，才显现出真诚与平易。

他说，不想白白地荒废余生，所以每天的时间安排得很满，除了读报纸、看电视、练书法，还至少花一个小时学英语。我们这个星球上发生的许多新闻，他甚至比我还知道得仔细。关于与WTO有关的资料，他剪贴了厚厚的一本。此外还有别的分门别类的专题。他打算将来带出去派用场，尽管“将来”的到来还十分漫长。

他曾经握有不容小觑的权力，但因为缺乏出自内心的拘约，这权力最终让他在小河沟里翻了船。身处囹圄，他失去了以往的一切，甚至连年迈的母亲病逝都无法前去尽孝，然而，能在院子里散步健身，能自己动手烧饭做菜，能与前来探望的朋友聊天，他已经感到非常满足，脸上的表情简直可以用“幸福”二字来形容。

前些时候减了一次刑，正在争取再减一次，刑期就差不多了。他不谈自己的革心洗面，而说是许多朋友帮助的结果。我们那个地方城市建设迅猛发展，每年都要购进大量的水泥，且从不拖欠货款。他所在的劳改单位水泥厂，原来一直亏损，从今年起有了赢利。多年发不到奖金的警察们，人人喜笑颜开。

囚禁者的心灵，是异常敏感和脆弱的。我想，不管他的这种理解正确与否，能感念别人对自己的恩泽，将无奈的等待变为主动的珍惜，说明囚禁中的他已经不再是从前的那个他了。

二

汽车在高速公路上开足马力奔驰，是很潇洒的。谁也不会想到，即将达到目的地时，车速突然放慢，随即停滞不前。一瞬间，快车道、超车道、停车道全都被各种各样的车辆塞死了。无论是豪华轿车、客运大巴，还是装运肉猪的卡车，无一例外地熄了火。司机们趁机点燃香烟，站在护栏旁，凭各自的经验判断路况，长长的车阵却丝毫也没有松动的迹象。

从前方传来的消息说，几分钟以前两辆巴士首尾相撞。车祸不太严重，但足以使畅通变成了堵塞。

烈日像一盆火焰，照着毫无遮掩的路面。卡车上猪粪发出的臭气，与浓浓的汽车余烬相混杂，熏得人欲呕不成，且无可趋避。如果在别的场合，某些尊贵的汽车型号与牌照，早就吸引很多目光的聚焦，然后悄然让出一条通道。但此刻，在小小的灾难面前，权势、金钱、武力乃至足以表达这一切的语言，都无法发挥原有的作用。

有人侧过身，解开裤子上的拉链，方便起来。没有谁会指责他们。我不由想起了公共浴室内的裸身相向。至少在这里人们取得了短暂的平等，而平等原本就不是永恒的。

在高速公路上被临时囚禁的汽车，至少有上千辆，且越来越多。尽管目的地不同，每一辆车焦灼不安和企盼奔驰的心情却都是一样的。这也是一种平等吧？

不过，在21世纪的今天，平等已经不再是常用语了。比较时髦的说法是“拉开档次”。

三

很晚了，朋友驱车送我们去郊外。他说，昼伏夜出是野生动物的习性，只有在夜晚动物园才最好看。新加坡国家动物园中的野兽是自由自在的，游客却不自由。我们只能安分守己地坐在电瓶车里听导游讲解，决不能挑逗任何一只野兽。

在朦胧的灯光与月色下，我忽而看到树丛中虎视眈眈，忽而发现美洲豹龇牙咧嘴，忽而又见什么黑呼呼的庞然大物独步旷场。飘散在空中的腥臊气味，低沉的充满野性的嚎叫，以及热带乔木投下的巨大阴影，给人某种恐怖而又新奇的刺激。

有几个年轻人徒步行走在树丛间，轻松地吹着口哨，看见小猴便与之招招手。他们的探险精神令人钦佩，随时随地都可能有蟒蛇或穿山甲之类拦住去路的呀！

最具绅士风度的该是长颈鹿，它们抬起高傲的头，悠闲地撕啃着树梢的嫩叶，累了就伸出超长的脖子，相互亲热地蹭蹭。那一身色彩雅致的皮肤让人想起了卡尔文·克莱恩的著名品牌CK。我没有看到犀牛和亚洲象，这两个体态笨重肤色黑黑的家伙，喜欢跋涉于泥水之间，也许已经睡了，也许在夜幕下根本就无法辨认吧？

坐在电瓶车上，忽然领悟，所有自由放养的动物其实还是囚禁的，只不过活动范围稍稍大一些而已。游客的一时囚禁,原来是为了避免失去永久的自由。

很多时候囚禁是必须的。假如失去囚禁,谁敢一试?

四

公元 13 世纪,MarcoPolo(马可·波罗)从意大利来到中国。作为最早从欧洲来东方旅游的人,他为华夏大地如海市蜃楼一般的异国风情而陶醉。回去后经由传播,又陶醉了无数的欧洲人。于是,很多厌倦了西方文化的人们,纷纷冲出封闭,外出寻找一种富有原始状态的社会,试图通过对原始社会的探索和描绘,来批评自己的文化。

西方人对遥远的异国,或害怕,或渴望。记得 20 世纪 60 年代有一位德国总理曾经感慨:“中国! 中国! 中国!”这连续三个感叹号,实在意味深长。尽管如此,还是有很多欧洲人希望在中国实现自己的欲求与理想。对于信奉基督的他们来说,人生最大的苦恼是原罪。惟独“高尚的野蛮人”没有这种苦恼,他们是不需要上帝来拯救的。包括中国在内的异域民族,正是“高尚的野蛮人”。

与此同时,许多中国人不辞辛苦,远涉重洋,去往西方世界。脱掉了长袍马褂,穿起了西装革履;放下了竹筷米饭,拿起了刀叉面包。他们用诗一般的语言说西方的柠檬色的月亮比东方圆。

我想起了钱钟书先生的“围城理论”。城外的人想进去,城里的人想出来,这个规律显然不仅仅适用于婚姻。如今旅游的话题越来越热门,其实旅游的意义远远超过了旅游自身。

古旧的生活方式,凝固的生存环境,保守的思维状态,无疑都是对人心的囚禁。寻求自己所不具备的东西,是人的一种特质。即使是失去双脚的残疾人，也想走出狭窄的天地，去异域他乡呼吸新鲜空气……

五

因特网的出现，真的是开创了人类文明史的新纪元。只要敲打敲打键盘，经由一张既有形又无形的网，便可沟通无限，什么样的风景都能在面前徐徐呈现。昔日的“秀才不出门，能知天下事”，庶几已成为破旧的老皇历。

我开始是学得十分笨拙，渐渐地有了些门道。及至熟练了操作，每天就有几个小时要面对着显示器和键盘。或者说，每天都有很多的时间要被电脑所占领。对它的感情不断升温，到后来，简直与之须臾难离。一旦它感染了病毒或机件出了什么故障，便心急如焚。

网络巧妙地延伸了我们的四肢五官。即便是神通广大，拔一根毫毛就能变成一只小猴的孙悟空，对此也会羡慕不已的。但，随之而来的是另一面——无数网虫被蜘蛛精织就的网络牢牢粘住了。

不只是耗费时间，还失去了思想。那应有尽有、包罗万象的虚拟世界，精彩得令人不可思议。也不必思议，思议没有任何意义。网络把什么都奉献给你了，甚至主动地代替了你的创造性思维。你只要按照既定的程序操作就可以了。

恰恰在这个时候，网虫有了另一个名字——囚禁者。他们具有了与囚徒完全相同的特征——失去自由，而且无不乖乖入彀。

写在手机的荧屏上

我终于决定去桂林。整理行装时突然想起关于桂林的几句歌词：有时间的时候没钱，有钱的时候没时间。

旅游确实是要有闲情和闲钱的。这与昆曲能否流行同出一辙。

现代人太忙了，忙得顾不上思考为什么而忙。

蚂蚁群体中，往往有一小批无所事事，东游西荡。然而，当无数勤劳的蚂蚁找不到食物来源，晕头转向时，懒蚂蚁会立即站出来，指点迷津。

原来，这些懒蚂蚁不是不干活，而是在思索。

知识经济时代，懒蚂蚁也许比勤快的蚂蚁更具创造力。

市中心到处设置的红绿灯，简直让每条马路都因堵塞而成为停车场。

但，野渡无人舟自横，这样的画面又过于原始。

有限的城市资源与急速膨胀的人口，永远是矛盾的。如果失去矛盾，也就失去了活力。

新辟的公园里那几株苍颜斑驳的大树，增添了无穷的景致。

据说它们来自深山，经历过艰难的搬迁。可惜，没多久就因水土不服枯死了两株。余下的能否成活，便令人担忧。

园林的文化价值是由时间决定的，尽管某些人渴望一口气吃成胖子。

别墅轿车、高档娱乐、山珍海味……世界上的很多事物，不仅是为了让人高消费，而是要把人划分出不同的阶层。

要满足最低的生活需求并不难，难的是满足永无止境的欲望。

所以一掷千金者的烦恼，比身无分文者的烦恼更加烦恼。

每年清明节前夕，媒体都会出现禁止河豚鱼的消息。然而，人们依然毫无惧色地为了河豚鱼去宾馆酒楼。

禁而不止，是我们公开的秘密。很多时候，“禁”恰恰意味着“不止”，意味着更大规模的流行。

包装，本来是用作商品的，如今却用在人身上了。在越来越商品化的社会里，没有知名度很容易被岁月淘汰。

责备别人使用假包装，是很愚蠢的。你为什么不学会识别那隐藏在包装后面的伪劣呢？

一位伦敦商学院教授主张把企业办成修道院。他说，这样的企业追求的是尽可能有效率地把投入转化为产出，为他们的服务对象创造福利。

不是志愿者组织，也不是非营利机构，让每个人都为他所自觉的目的而献身，确实是很有意义的。

哪个回收站有你生命的零件

哪个回收站有你生命的零件

午夜梦回，额手自问：这些年你究竟流失了什么？赤诚的心胸、热忱的情怀、向善的知性，还是面对时艰的韧长？哪个回收站里会有你生命的零件？我想回避尖锐，可是另一个我一针见血："每个人都在得到的同时失去。"

一位朋友经营着一家合资企业，勤勤恳恳十几年，可谓成果卓著。终于合同期满，由他筹资几千万元，转为私营。仍然是那些业务，但他的身份却变成了老板。如今确也是老板辈出的时代。在搬迁厂房、投资设备、裁减员工后，他与合伙人打算大展宏图。年龄告诉他，一生的辉煌也就在此了。不料想，从美国肇始的金融风暴所向披靡，他的企业每天有进出口，无法幸免于难。有一天在街头相遇，他惨然笑道："我差一点儿破产掉！"

他的境遇还不是最差的。有一位朋友，与韩国人合资办服装厂，一开始订单真不少，节假日都加班。谁知韩国人察觉到了全球经济萧条的风声，一夜间突然消遁，还卷走了二百多万元货款。他连官司都无处打，只能跺脚骂娘。转过身，却不能不设法借钱给员工发工资。年关的爆竹，给了他切肤之痛。

人，生来就是一个整体。可我们总觉得不完善，不满足，总想着寻求自己不具备的东西。攫取、汲取、进取，都会衍化成一股不竭的动力。然而，冷静地思索一下，历史的长河不舍昼夜，推拥健帆，淘漉尘埃，为什么数百年才能出一个大科学家、大艺术家？为什么看似贫瘠的土地上会有奇葩吐蕊，而裘马轻肥却换不来一句好诗？为什么电脑的精巧到了不可思议的地步，人的智商却有减退之虞？

许多要弄明白的问题，原本就很明白——人们所拼命追求的，其实并不是应该得到的。

删繁就简三春树，领异标新二月花。郑板桥题书斋联句，道出了一种人生的境界。删繁就简，并不是简单和简略，而是以少胜多的简约。它从繁复中提炼精致，从芜杂间勾画序列，从臃肿里浓缩主体。恰如《文心雕龙》所说："整派者依源，理枝者循干"，源与干，指的是事物的主体和本质，做人能做到简约，而且又涵盖其人生创造的大义，才是一种大智大勇的表现。

生活中有着太多的诱惑与抗拒，太多的拥有与失落，太多的幸运与磨难，如何取舍成为一门艺术——很多时候，放弃比获得更重要，可我们往往舍不得。

其实，在人生的路上，我们什么都可能失去——金钱、名誉、地位、事业、爱情，苦心经营的家庭，乃至宝贵的生命，也都有可能失而复得。哪怕是唯有一次的生命，只要维系于上的高尚品格不污秽，依然可以永存在成千上万的生命里。

哪个回收站里会有你生命的零件？这问题并非无解。

生命的通货膨胀

陆文夫老师生前多次讲过，“作家有三种死法。一是自然的死，二是痛苦的死，三是快乐的死。我最害怕的就是快乐的死，一无疾苦，十分热闹，甚至有点大张旗鼓……”我知道，他是不愿意把生命消耗在快快乐乐的应酬中。哪怕应酬无法逃避，别人是酒肉穿肠过，他却写成了《美食家》。如今，回味他的话，我发觉有另一番理解。他其实是让我们警惕生命的通货膨胀。

化作灰烬，归于泥土，死是如此的简单，就像生一样。可是，连接起点和终点的人生道路，错综而又漫长，处处充满了未知的悬念。我们无权选择生，犹如无法拒绝死，那么就该认真把握生命的过程，哪怕微若草芥。可惜，人是一种健忘的动物，在滚滚红尘中很容易被奢华所虏获，何况四周有那么多难以抗御的诱惑：欢宴，美色，冶游，以及化腐朽为神奇的权与钱。

不是吗，快节奏、重负荷的生活需要快乐，有人就专门为你制造。推杯换盏的豪华宴觞中，总有恭敬的礼节、养眼的歌舞、得体的奉承，乃至豪爽的应诺，不只是让你把一切烦恼纠结都抛掷到九霄云外，更让你觉得人生是那么的美妙，全可以随心所欲，率性而为。外形似水，内里如火的酒，构筑起虚幻的景象，推送着你直达青云，在缥缥缈缈间忘记自己姓甚名谁。

你不愿喝酒，始终保持清醒的头脑，那也不要紧。有人会随时送来你追求的东西，获奖证书、名人头衔、入会资格，各种各样的尊严与荣誉的象征，且起码是国际级的。想做作家吗？没什么作品也能出版文集。想成为名人吗？自有无数种包装作秀的方式摆在面前，供你选择。想在一夜间变富翁吗？更有堆积如山的致富秘笈告诉你，只有想不到，没有做不到。

也许，你没有任何奢求，只想安安稳稳地过日子。公寓房价格节节上升，从每平米两千元，跳到每平米一万两千元，连小学生都知道涨了多少倍。公馆府邸，无不冠以贵族头衔。不过，贷款恐怕一辈子都不能还清……

是谁形象地比喻，市场经济是一双无形的手。欢愉、享乐、尊严、体面等等，已是摆在超市货架上的物品，你可以任意取用，只要不忘记在出入口刷卡。是的，比起三十年前，社会的宽容度大大增加了，思想一个调、说话一个腔、穿衣一个样的苍白日子，早已随流水逝去。每一个生命都能找到适合自己的空间。然而，在失去禁锢的同时，价值的虚涨也悄悄地出现了。激烈竞争状态下的人们难以接受无人注视、不能证明自己存在的状态。这，是另一种生命不能承受之轻。

人之区别于动物，不就是因为肩膀上常常压着担子？很多人被沉重的生活担子压得直不起腰，仍然一步步往前走，这是因为他们有精神支柱，心目中有甘愿为之奉献的事物，能在沉重中体味自身的存在。艰难困苦，玉汝于成，这是一条被无数次证明了的规律。生命的通货膨胀，让终极目标变得虚无缥缈，宁肯享受稍纵即逝的感官欢愉，却不惜做一件对自己毫无好处的事情。

难怪有人主张确立“死亡学”。一个人具有了死亡意识，才能获得人生的整体观念和有限观念，从而更加珍惜生命，提升生命的含金量。活得太快乐了，也许什么痕迹都不会留下。弗兰西斯·培根说过，“人在顺境中最伟大的美德是节制，而在逆境中则是坚忍”。我们不是不懂，而是无法战胜人性中的劣根和私欲。

生命在另一个房间

那是一次漫无边际的闲聊。朋友杰说，他刚刚到日本某大学当访问学者时，发现有一个很特别的教授H。虽已年逾花甲，大冬天却只穿短袖短裤，一副运动员装束。而且，H每天凌晨四点半就上班了，风雨无阻。门卫也习惯了，为他打开大门，然后深深鞠躬："您辛苦了！"朋友杰总以为他是体育系的，却不便直说，问道："您在做什么研究？"他一昂头："国际贸易！"杰又问："每天来得这么早呀？"H得意地说："早晨脑子好使，能做很多很多的事！"

后来慢慢熟悉了，才知道，H教授和别人一样，拥有一间办公室。但那儿是最杂乱的，污脏的球鞋、球衣、球网，与书本纸页叠加参杂，一直从屋里延伸到门口，让来访者无法进入——连负责打扫的清洁工也不例外。他不希望任何人挪动这些宝贝，别人也懒得管闲事。

即便如此，H仍不失为一个受学生喜爱的教授。H则毫不掩饰地说，这么多年，他的太太完全能适应。

朋友杰讲这番话，想说明人家对教授独特个性的尊重。可是我想，H教授这种习惯（还很难说是陋习）的形成，并非一日之功。每一种习惯都会找到心理与社会缘由。多少年中来构筑了一处不容别人涉足的栖所，让自己的灵魂歇息。也许天下没有比这更让他舒适的地方了。

前些时候，我跟我的同事们谈论过后世来生的话题。这是一个永远也找不到答案的话题。有人悠悠地说，人死了，躯体被烧化为灰烬与水汽，回归大自然，其实生命没有消亡，仅仅是来到了另外一个房间，从头开始全新的生活，新到没有一星星往昔的记忆。我笑了。这或许是对死亡的最乐观的解释了。左一想，不对，有些人是活得很不错的时候，生命偶尔也会去往另一个房间。H 教授的生活，不正是这样？还有一些人，则是一心想留在自己的房间，却被迫去往另一个破败凋零的窝棚。

我的这位朋友天资聪慧，在读高中时，便自学了三门外语。老师上俄语课，讲了一半，他就急着举手发言说，老师你怎么讲的跟教科书不一样？后来，他果然成为颇有影响的学者。但，也许是过于沉浸在自己的天地里，他不谙世事，不屑于处理生活中许多琐碎的问题，尽管经历了上山下乡和“文革”，挨过饿，受过批，却没有磨去浓浓的书卷气。随着年龄的增长，鲠直的脾气愈加不可违拗，仍不懂得治学与处世完全是两回事。终于，和所在单位领导闹得不可开交。

杰心里非常明白，自己的专业是汉语方言，若要研究，这个世界上除了生我养我的土地，岂有他哉？可他还是把自己的生命移入另一个房间，且自嘲为“洋插队”。每年至少有四五次，带着录音机从东京或大阪飞回来，在偏僻的乡镇，一遍遍录制乡音乡语。

孤寂的夜晚，回想起当年从城里去乡下插队的日子。生命犹如一株在风中飘忽的蒲公英，遥远而迫近，朦胧而清晰。值得留恋的乐趣，居然是回城里一家家帮同学捎带东西。一次，同学让他去钟表店取一块修理的手表。他发现指针在“切嚓，切嚓”地走，表链却是扭曲成一团麻花，手腕怎么也伸不进去。他不敢取了，逃也似的离开了。又有一次，同学的妈妈让他带一只母鸡。他实在想不通，从来是从乡下往城里带母鸡，哪儿有倒过来做的？但他终究答应了。哪儿料到，母鸡在公交车上竟挣脱绳子，扑簌簌乱飞，直追得他满头大汗……

恰恰是在那些不愿意去的地方，那些不愿意过的日子，杰萌生了对汉语方言的浓厚兴趣，且矢志不渝。这又令人庆幸。

人死后，会跨越浩瀚的海洋，去往另一个世界，倒过来，重新活一次。假如死的时候是七十岁，在“另界”就会从七十岁开始生活，而且越活越年轻，一直活到变成混沌未琢的婴孩。接着，依顺一条河流漂回人间，再次在某个时刻出生。这便是美国女作家加·泽文的小说《我在另一个世界等你》的描述。

如果真是这样，人就更加没有理由为追逐权势名利、富贵荣华而席不暇暖了。我想。

孤独不是一味药引

孤独是与生俱有的，像一棵树和它的影子。人一旦脱离脐带，成为个体，就开始跋涉于孤独之旅。你看那些哭着不肯进幼儿园的孩童，习惯了温暖羽翼下的孤独，对群体活动有本能的抗御。花费很多时日，才让他融入集体。人的晚年，社交圈越来越狭窄，每天枕着孤独入眠。当他撒手离去时，什么也不能带走，哪怕曾经拥有海洋一般深邃的思想，或者是原野一般丰厚的财富。

迷茫的眼神，落寞的身影。采菊斜阳下，把酒欲临空。月下花自落，流水不曾归。夜黑惆怅白，欲诉无人问……有人以此描绘孤独，我却觉得这仅仅是寂寞，只消迈开你的脚步就能走出去的寂寞。孤独不需要附加任何形容词。孤独是一种高贵的状态，一种圆融的神情，一种值得细细品咂的滋味。

现代人喜欢奢谈孤独，把孤独作为一味药引咀嚼，觉得够孤独的人才够酷。他们宁愿生存在网络构成的虚拟世界中，不知道怎么跟人打交道，一旦失去樊笼，反而为忧郁、焦虑、失眠等等所笼罩。事实上，身处钢筋水泥丛林，被无处不在的生存和竞争压力折磨，被日渐淡漠的人际关系煎熬的人们,难免陷入自我遗弃的泥淖。但这只是精神家园的一时迷失,不是真正的孤独。

汉语典籍中甚至还有这样的解释:“鳏寡孤独者,人所哀怜也。”

并非谁都能享有真正的孤独。

在诗人的意象里,孤为王者,独乃无二。独一无二的王者,将永远接受孤独。真正的孤独者是特性独立的思想者,他面对的是自己和整个世界。人类的一切,都可能渊源于此。

一生都不知道自己是天才,他甚至不敢称自己为艺术家,倾注了全部热情与心血的作品却被那些鉴赏家们弃之如敝屣的画家梵高,是孤独的;狂歌“路漫漫其修远兮,吾将上下而求索”,在绝望和悲愤中投汨罗江而死的诗人屈原,是孤独的;迎娶年轻的妻子,遭受很多人抨击,仍然我行我素的物理学家杨振宁,也是孤独的。古往今来,我们这个熙熙攘攘的星球能出现多少与之比肩的孤独者呢?面对生活中的某些现象,即使作为孤独的思考者和判断者,我们又能坚持多久?

孤独,是被世界遗弃,也被自己遗弃。

孤独,有时候是比死亡更深刻的痛苦。

把孤独作为药引,试图离群索居,以此解毒矫味的人其实是愚蠢的。所以,我宁可在庸常的语境里谈论孤独。因为懂得了孤独,才更多地与世界沟通;接纳了孤独,才能理解陌生的朋友;学会了孤独,才会有深沉的思想。

语词的抵达

很难想象，这个称为 OCT - LOFT 的地方，曾经是堆满电子元器件的车间。我走进其中的一间，见有视听设备，有会议桌椅，有贴着无数纸片的墙板，简洁而不失精良。写着“犬儒主义”、“性/死”、“人是机器”、“价值”等等字样的彩色纸片，随心所欲地从墙板四处蔓延开去，无声地诉说。这里是语词（不知该给予怎样的定义）的车间。

开卷有益？这里没有书卷，只有 Word 的碎片，经过剪裁的碎片。

是的，浅阅读、短阅读、碎片化阅读，已经成为当下的一种普遍现象。越来越多的人在电脑、手机和其他电子工具上阅读，阅读的内容，更多是视频而不是语词。即便是语词，也日趋短小、新奇、易记，仅仅几个音节，却在网上迅速蹿红。双手捧着一本厚厚的书正襟危坐的状态正渐渐消失。不少人从小就习惯于笼罩在显示屏的蓝光里，做一颗沙发上的土豆。

此刻，默然站在车间的高挑空间中的我，却被彩色纸片上的语词訇然触动。感觉到语词承载着的东西，正以不可抵御的姿态悄然融入我的思绪。汉字的象形、会意以及它们的组合，很容易引发源自职业习惯的下意识，尽管我对于语词的敏感点未必跟别人一样。

“一个人的阅读史就是精神发育史”。从陶器上的原始刻符，到简帛上的书写，到纸张上的印刷，阅读的目光穿越了几千年岁月的尘埃，始终没有改变。然而，IT技术的发展，带来了颠覆性的革命。甚至有人发出“纸质书的出版将会消亡”的断言。他们的重要依据，是读者的网络化生存与功利化阅读。

但，语词自有抵达的方式。似乎越是简短、新奇的语词，越是能给人冲击力。

看，这里就有人把汉语作为一种当代艺术，以热门的关键词为媒介，在互动中获得对个人和社会意识活动的深入了解。我与主持者素昧平生，不知他依靠怎样的精神和财力支撑，四处奔走？他坚信艺术家应该乐守清贫，过E时代的游牧生活，不仅在深圳的这间工作室，还在北京798、上海张江科技园、广州维他命创意空间以及瑞典斯德哥尔摩、雅加达、三藩市等地，寻找合适的场合，甚至还进入了威尼斯双年展主题展，和参与者一一对话。无论是企业家、艺术家还是普通员工，经由语词的抵达，彼此间引起诸多共鸣，加深了语词所承载的思想的理解。果然是不肯循规蹈矩的创意。

我在网站里随意挑选了两位被采访者的谈话记录：

“我们这个社会，包括我们消费的东西，包括一些身体的享受，在以前的中国社会里面都是存在的，只是形式不一样而已。现在信息爆炸，公开的东西太多了，大家的欲望变得非常强烈，只要物质达到了一定的基础都会去追求一些享受。只是以前享受的形式就是骑马啦，听歌做诗什么的。现在就是唱歌啊，对物质的拥有啊。我觉得把许多事情放到历史里面去看待它的话，都不会觉得很奇怪。”

“现代的新公寓里，大家互不了解，就不可能莫名其妙的接受对方。而在老房子，有的是从上一辈人开始就做邻居，知根知底，我们有时外出，会很信任地将钥匙交给邻居。在新公寓里就不会这么做了。老房子的老邻居，都不愿意搬走，虽然设施旧了，差了，但是大家七拼八凑的呆在一起，有一种大家庭的感觉，浦东是现代化的城市，人与人的关系，没有浦西老房子里的那种温馨感觉。在老房子能体会人们说的，远亲不如近邻。”

还有一些触及时弊和民瘼，比较尖锐。

如今在微博或QQ空间里，这样的语词已显得老套了，新生热词随时涌现。毕竟时代在进步，禁忌越来越少。

回想在十年“文革”中，“砸”、“斗”、“造反”、“走资派”、“风雷激”这一类的语词，足以令穿着褪色军装的红卫兵亢奋得近乎疯狂，纷纷踢翻课桌，到处冲杀，而生活在今天的人们，则被经济利益的长鞭紧紧驱策。社会、消费、物质、市场、现代化……这一连串关键词，从人民大会堂到农贸市场，从豪华宾馆到偏远乡村，人们时时在用，早已司空见惯，然而，在特定的环境里仍发人深省。你可以清楚地辨析，这是一个什么阶层的人，用什么样的情绪和语调讲话，标志着什么样的年代。并非演出或演讲，只是生活，寻常普通的生活，却因为真实而烙下印痕。回过头来才醒悟，时代的变迁是潜移默化的，又是极其深刻的。不需要大部头著作和长篇大论，只要几个简单的语词就明瞭了。

这就是书本越来越厚，文句越来越短的时代的特征。语词的生命力不可低估。至少能让时间的长鞭匆匆驱赶下的人们，在阅读中，从彼此身上发现一些新的东西，引起共鸣。

将语词作为一种纸本的语言艺术，或者称作一项探索、研究和表达的工作，涉及到理性、逻辑、感性和疯狂等等不同的意识状态。不是吗，有很多语词曾经是禁忌的，例如性服务、情欲、妓女、同性恋之类，即使私下里谈论也遮遮掩掩、吞吞吐吐，如今在媒体或挂在嘴上，十分理性地评价，一切都显得稀松平常。社会的宽容度大多了，心里有话敢于说出来，不必“顾左右而言他”。经历过“肃反”、“反右”、“文革”的人，感触无疑是最深的。当年，某些人仅仅因为说错了一句话，说真了一句话，便被戴上高帽子批斗，乃至沦为阶下囚。

晚上，我随意浏览网页，从一位语言学教授的博客上，读到他转引的一位前辈学者编制的PPT，其中有1986年8月龙应台在台湾说的话：“今天晚上站在这里说话，我心里怀着深深的恐惧，恐惧今晚的言辞带来什么后果，我的梦想是，希望中国人的下一代可以在任何一个晚上站在任何一个地方说出心里想说的话，而心中没有任何恐惧。我们这一代人所做的种种努力也不过是希望我们的下一代将来会有免于恐惧的自由。”

转眼间，二十几年过去了。我们生活的地球风云变幻，“语言犯罪”让人觉得那么的不可思议。但说话的问题，语词表达的问题，依然是一个不容小觑的问题。尤其重要的，是应该使之精准，而不是粗率；晓畅，而不是乖戾；雅驯，而不是流俗。

当代艺术是伴随着社会总体文化环境成长的。艺术永远跟人的意识活动紧密相关。艺术家应该关心的是个人意识与集体意识的关系，所以，语词才有可能成为涉及这种关系的重要媒介。当代艺术（包括绘画、雕塑、装置等等）似乎总是和大众保持一定的距离，还往往冒出一些“怪力乱神”的东西，让人坠入云里雾里。哪怕别人不喜欢，也不会遭受诅咒。然而,自有人觉得当代艺术并非人类行为“美”的规范。他选择最寻常最大众最流行的汉语汉词,用碰撞与沟通的行为方式,引起人们的思考。这种现代行为艺术,几乎每个人都能参与,丝毫也不费解,而且是属于本民族的。也不是标题党。

但我宁可从社会生态的角度,而不是从现代艺术的角度,来理解语词的游戏。这种社会的“内心的表情”,正超越艺术,进入更深广的层面,触及生活内核。

眼睛,并非生来就是用于阅读的。但,无论电脑中的Word,还是视屏上的字幕,任何时候都不可或缺。书面阅读与电子阅读,只存在技术上的差异。形象崛起、语词坠落的忧虑,提供给我们的惊醒,是必须磨砺利器。书是可以颠覆的,但语词不会。一个简单的道理:语词,是人类最伟大的发明。我们的大脑永远需要语词的抵达,以启迪智慧。

目　光

MU　GUANG

寻找鱼米乡

我去镇郊的一个村。镇，原本的名字叫菉葭，望文生义，令人油然而生“蒹葭苍苍，白露为霜”的诗意：这里湖荡密布，鱼跃虾跳，稻麦两熟，吴淞江——太湖通往长江口的泄水要道，就在它的沃野间穿越。然而“大跃进”时按谐音改为陆家，据说是因为太陈旧太繁琐，要简化，语境中的绿意便荡然无存。

村书记是老熟人了，他领着我随处看看。街道两边开设着餐厅、网吧和时装店，摩托车来回穿梭。一个假山玲珑、绿树掩映的大院落，是村民的居住和休闲之处，旁边有议事集会的礼堂。人们的居所，不再是从前的三间一转头了，而是宽敞的公寓楼。米囤、柴堆、水缸、各式农具，不复可见。随之消失的，是各家各户屋后茂密的竹园，以及在绿荫下护着一群鸡雏的老母鸡。还有，那日出而作、日落而息的习俗。

他说，村里剩下的那几百亩土地，不需要再花费多大力气。年轻人几乎都去企业上班了。就在公路旁，建起了一家颇具规模的印染厂，那是台湾人独资的，吸引了很多南腔北调的外地人来工作。外地人的数量已超过了本地人。村里集资修建了“打工楼”和用于出租的店铺，开展多种经营，每年有两百多万元收入。很多村民成了股东，他也是，心里就常常想着要让大家赚钱。种田万万年,这句话过时了。

前些年,高速公路仿佛一柄利剑,劈开了他们村的土地。像巨龙般的路基,是用稻田的泥土堆积而成的,挖掉了好多好多土地啊。尽管政府发放了补偿费,但不少人觉得十赔九不足。大半个村子的农户被拆迁了,建造了新村,房子比原来好得多,可是他们要到田里去,必须绕道而行,钻过涵洞,有诸多的不便,遇到刮风下雨更是怨声不断。风驰电掣的汽车又时刻带来噪音。夜深人静的时候,那汽车轮胎简直是在向枕头边滚来。世世代代的生活习惯,千百年来的宁静安谧,都被打破了。村书记赶快动脑筋,在房子四周种了很多香樟树,已经长到了一人一手高。他说这不仅可以挡住噪音,还能致富。

随即,又有稻田被批租,即使想种田也种不成了。事实上人们大多不想种田,原因很简单,种田赚的钱还算是钱?一斤小麦换不来一只馒头,一瓶菜油的价格不如一瓶纯净水,辛辛苦苦一年,到头来搓搓手,什么也不剩下。尽管政策放宽了,稻田可以开挖渔塘,养螃蟹养甲鱼养黄鳝养青虾,什么赚钱就养什么。谁知大家一哄而上,又陷入"谷贱伤农"的怪圈。与圈养的鸡一样,塘里的青虾,靠的也是复合饲料,还近亲繁殖,养来养去长不大。大城市里的人门槛精,懂得野生的比家养的好,专门开了车,来吃船菜吃草鸡,这很让养鱼的人家丧失信心。

真正奇异的,是土地。仅仅几年工夫,踩在农民脚下的土地,先是变成渔塘,接着又变成厂区,翻来覆去了几回,它的价格竟然哗哗地往上升。所以,村干部在一起开会,议论最多的便是批租了多少土地,为财政作了多少贡献。土地是国有的,批租后村里拿不到什么钱,但总归有些补偿。外资企业多了,也让越来越多的农民跳出田角落,去寻找新的生活空间。难道这有什么不好吗?

我想起了一位社会学家的话："从根本上说，美国农业的长期问题不是'剩余的'棉花、小麦或柚子，而是'剩余的'农民。"中国的农民比美国多好几十倍，但随着城市化进程的加快，越来越多的农民离开土地，迅速改变自己的身份，改变生存的方式，加入到一股不可遏抑的洪流中去。

这，犹如老屋的拆迁，有损毁的痛苦，有留恋的惆怅，更多的却是对充满新鲜感的未来的向往。然而，鱼米之乡的鱼呢？米呢？

我不由阖目沉思。杂花生树，群莺乱飞的清明时节，田野间金黄灿灿的油菜花、红黑相间的蚕豆花、绿茵如毯的麦苗，那大片大片的色块，在阳光下锦绣一般，绵延至天边。如今，这景象却似乎只在梦中。即使是农村的孩子，对于盛开着深红色花朵的紫云英也毫无印象了。"百分桃花千分柳，冶红妖翠画江南"，古人的诗句怎么还会像从前那么动人呢？从古乐府时代起就娉娉婷婷地采桑陌上的罗敷们，穿上工作服，走进了车间。田里不出产稻麦，而是出产机器和零件了。越来越多的村民在买苏北大米和山东蔬菜吃。口袋里倒是不像从前那么干瘪，也有了正经八百的星期天，可不知怎么，站在狭窄的田间望望，心里总是不那么踏实。

是啊，眼前的一切变得太快了。以前，几辈人居住在这里，一棵树，一堵墙，一块石头，熟悉得像自己的掌纹。家家种田，户户种田，田是衣食所依，性命攸关，一分一厘都不肯荒疏。如今，一不留神，一条宽阔的马路便冒了出来，一条崭新的街道便冒了出来，商店随即摆满了，镇廓扩大的速度快得让人不相信。书记说，要不了多少时间，这个村就将成为居民密集的社区。

谁也不能不承认，这一带是富庶的。早在元代，词人奥敦周卿就写过一首《双调蟾宫曲》，称之为："春暖花开，岁稔时康。上有天堂，下有苏杭。"如今更是发展的样板、成功的典型，实现了工业化，实施农工商贸一条龙，建设小城镇，改善生活水平。很多地方的人跑来参观，觉得农民的生活几乎赶上城里了，无不流露出羡慕的神色。连老外也跷起了大拇指："OK!"

但是，谁曾想，随着乡镇企业的飞速发展，产值、利润上升，劳动力不断转移，越来越多的耕地被占用了。鱼米之乡的根，一是水，一是田。在失去土地的同时，孕育了江南水乡上千年文化的水系被污染了。太湖流域的一些城镇，河水已完全不像从前那样清澈明丽，游鱼倏忽。不仅水位很低，还有淤泥沉积，水草蔓生。河面上漂浮着可怖的塑料袋和瓶瓶罐罐，一派触目惊心。农民不再摇着船四处罱泥，用以垩田，河床内的淤泥便越积越厚。居民们不再饮用河水，而是饮用自来水。但是自来水也不保险，便竞相饮用太空水、超纯水或蒸馏水……

一万年的自然大循环正遭受破坏，新的循环却还没有建立。

是的，文明并不是永恒的。既然文明有它的原始，就会有终结；既然有生，就会有死。在当今的国际社会中，经济无限增长的神话已经破灭。切实可行的口号是"可持续发展"。这就告诉我们，人类的经济发展，不仅应当受到开发环境资源现有技术水平的制约，和社会活动结构的制约，还应当受到资源再生能力和生物圈吸收人类活动影响能力的限制。

地表之上的100米，海表之下100米，这是我们的地球经历了3.5亿年才形成的生命摇篮。这个摇篮抚育了世间的一切生灵。然而，人类在营造舒适的生活环境的同时，却在用自己的手将这只摇篮损毁……

不仅仅是环境生态。扯皮、争夺资源、低水平重复建设等等，让鱼米之乡负担沉重。多少年多少代形成的冲积平原，孕育出一套独特的生产生活方式、文化景观和艺术传统，那是何等的和谐自然啊。其他不说，在浓郁的耕读文化的熏陶下，这里的世族弟子们通过科举“簪缨鹊起，甲第蝉联”。尽管功成名就者毕竟很少，名落孙山的秀才们难以在科场得意，但是在乡村日常生活里却发挥重要的作用，使乡村飘逸着浓郁的人文气息。这些乡村知识分子所具有的文化素质和生活趣味，必然会折射到乡村的建设上。他们追求的是对自然的亲和感、平实的人际关系，“复返自然”的思想境界。所以，这里的村落，规划适应自然，因地制宜，住宅建筑也是高低错落，虚实相映，正侧变化，光影对照，非常活泼而又统一。砖木材料，黛瓦粉墙，构成了清新秀逸的房屋，这正是耕读文化的形象展现。如今，新楼林立，却连一幢三十年以上的老房子都很难找到……

哦，身在鱼米乡，却寻找鱼米乡，这未免过于杞人忧天。然而，没有近忧，何堪远虑？

能持否

对于我们这些自小生活在阳澄湖畔的人来说，郭建光在《沙家浜》里的那句台词“最后的胜利往往产生于再坚持一下的努力之中”，不仅充满了激励，也非常具有哲理，尽管读起来有些拗口。

谁知，“坚持”原本是一个佛教词汇。

记得那个夏天，我们一群因征文获奖的年轻人，走进北京香山的一座佛寺。出于好奇，我站在五百罗汉像前，以年龄为数字选择了一尊属于自己的佛像，没想到他的名字居然是“坚持”。这熟悉得让人无动于衷的两个字，就像子弹一样击中了我，冥冥中似乎有人告诉我，这一辈子要以此为座右铭，把应该做的事情做到底。很多年过去了，这个告诫始终没有忘却。后来学会了电脑，需要选一个网名时，我苦思冥想，找不到中意的，坚持两字竟油然而生。我想这也是一种必然。这么多年，从来也没有依靠机巧心来谋求生存和发展，哪怕挫折连连，难以如意，仍一直在问自己：“能持否？”

在禅宗的传说中，有这样一个故事：弘忍的大弟子神秀，在弘忍用呈偈的方式选择衣钵传人的时候，写了一首偈子：“身是菩提树，心如明镜台。时时勤拂拭，莫使有尘埃。”按照佛教的世界观，世界上的万事万物——包括人类的身心,都是污秽不堪的,而且充满了苦难与烦恼。人们必须借助于自己的毅力,进行节制。同时要用坐禅的办法收心敛性,净化后的自己就会大觉大悟,这就是所谓的涅槃。神秀的偈子指出,禅定工夫必须永恒坚持,不要让心灵沾染上外界的尘埃。然而,另一位禅师慧能却写下了完全不相同的偈子:“菩提本非树,明镜亦非台,本来无一物,何处惹尘埃?”他觉得人的本心就是一切,是天生清净的,谈不上什么尘埃不尘埃。只要直指本心,就能顿悟成佛。由于慧能的解释更适合中国人的思想方式,所以压倒了神秀的看法。

隐忍,当是一种品质。尤其在经磨历劫、前程无望,命运处于最暗淡的境况时,如何让自己以巨大的韧性坚持下去,为了遥远的目标奋斗不息,确实需要一颗毫无尘埃却又有无限承受力的心灵。正因为如此,才可能不屈不挠。

我读到过一篇资料,大约在28年前,拳王阿里与另一位拳坛猛将弗雷德在一胜一负之后,进行第三次较量。双方进入第十四个回合时,阿里已经精疲力竭,体力濒临崩溃的边缘。有人形容,这时候假如一片羽毛落在他的身上,也足以让他轰然倒地。他简直没有丝毫力气进行下一个回合的比赛了,可是他仍然拼命坚持着,绝不肯放弃。心里想,此刻对方也跟自己一样,也是用完了所有的力气,奄奄一息了。到了这个地步,两人所要比赛的,其实不是力气和技巧,而是韧性和毅力,谁能多坚持一会儿,谁就能胜利。于是他竭力显示坚毅的表情和誓不言败的气势,眼睛瞪得圆圆的,逼视对方。弗雷德以为他仍然保存着体力,不由流露出一丝怯意。这恰恰被阿里的教练邓迪觉察到了,邓迪明白弗雷德有放弃的可能,及时把这个信息传达给了阿里,鼓励他坚持到底。阿里的精神为之一振。果然,弗雷德很快表示甘拜下风,放弃了与阿里争夺拳王称号的努力。当裁判举起阿里的手臂，宣布他获胜时，阿里却只觉得眼前一阵发黑，没有走到台中央就跪到在地……

阿里以他再坚持一下的努力，保持了荣誉和尊严。

功亏一篑，往往在于缺乏最后的坚韧。很多时候，我们确实非常需要问自己一声："能持否？"

不思议

我认识一位在国内很有地位的书法家。他的作品屡屡获奖，人们想求他的墨宝，不仅酬金不菲，还颇费周折。有一次，因为喝了酒，他向我吐露真情说，这几年为声名所累，忙于应酬，创作上并没有达到新水平。真想再写出当初送给厂长的那幅《出师表》啊！

他酷爱书法，每天苦练不辍。当工人时，在车间里三班倒，浑身油污，便一心想跳出去。有人给他出主意，不妨找厂长谈谈心，他觉得自己太笨拙，想说的话刚到嘴边就逃走了，还不如写一幅书法作品，表达起来自在一些。那么，写什么呢？他几乎没考虑就想起了诸葛亮的《出师表》。自从刘备三顾茅庐后，诸葛亮就忠心耿耿地辅佐他，以完成统一大业，雄距一方。所以后来刘备对皇儿刘禅说："汝与丞相从事，事之如父。"刘后主继位，诸葛亮主张出兵击魏，在出师表中侃侃陈词。他持论贤明通达，行文情浓意明，被捧为理政的规范，为人的圭臬。以此作书，应该是非常有意义的。

每天下班后，他都要读一遍《出师表》，直到烂熟于心后，才开始琢磨、联系。房间里涂写过的纸片铺天盖地，简直连脚都没法放，但一幅都不想保留。终于，挑选了一个天气晴朗，心情也晴朗的日子，铺开宣纸，饱蘸浓墨。一股从未有过的亢奋，让他周身的血液沸腾，手和脚都渴盼着在空中舞蹈，简直无法自持。随即，他屏息凝神，似乎把全部的精气都注入了笔端，洋洋洒洒，如饥如渴，忘记了疲倦，也忘记了时间的流逝。“臣本布衣，躬耕于南阳，苟全性命于乱世，不求闻达于诸侯。先帝不以臣卑鄙，猥自枉屈，三顾臣于草庐之中，咨臣以当世之事。由是感激，遂许先帝以驰驱……”他觉得诸葛亮所说的，也正是自己想说的，然而这世界上还能出现三顾茅庐的神话吗？

半夜时分，才把作品写完。仔细打量一番，他为自己感到满意。找一个机会，托人把它送给了厂长。厂长很愉快地收下了这件礼物，并请人装裱了一下，挂在会议室里。他说，难得见到这么潇洒的书法，我们再也不能埋没人才了，赶快把他调到宣传科！

从浑身油污的工人，到出入艺术殿堂的书法家，其间关山重重。然而，只要走出了第一步，就有可能翻越山岭，攀登顶峰。他在厂部宣传科工作了几年，被调往市群众艺术馆，不久又去了书画院。最终以令人瞩目的艺术成就，当选为市书法家协会主席。他的书法作品不仅在国内频频得奖，还多次去日本和韩国参加国际性的比赛，所赢得的荣誉，让他所生活的城市感到骄傲。

当年的厂长，由于年龄的因素退位了。告别时，他向新厂长提出的唯一要求，是把那幅挂在会议室的书法作品《出师表》拿回家。这个要求不高，也很合理，新厂长亲自摘下这幅作品，派车送到他的家里。

一晃，若干年过去了。有一天，享有盛誉的书法家突然前来拜访老厂长。寒暄了几句后，他打开公文包，拿出一叠作品，说这都是近年来比较满意的，只要您喜欢，拿几幅都行。老厂长疑惑不解，怔怔地望着他。书法家笑道：“我没有别的要求，只希望能换回当年的那幅《出师表》。说实在的，今天我再也写不出那么好的作品……”

厂长默默地看着他,沉吟良久才说:“其实,你那件作品也还是有缺点的。在写到‘先帝不以臣卑鄙,猥自枉屈,三顾臣于草庐之中,咨臣以当世之事’时,笔触停留了片刻,有两三个字墨迹凝滞,颇不流畅,从总体布局上看,显得美中不足。那年你送给我的时候,我就看出来了,我不懂书法,却理解你复杂而迫切的心情。确实,对于一个没有任何背景的年轻人来说,要脱颖而出,有多么困难啊!……”

书法家的脸色赧然涨红了。他向厂长深深地鞠了一躬:“老厂长,您真是我的知音啊!”

他忐忑地取回了公文包里的那些作品。从此,再也不敢提起那幅《出师表》。只是常常感慨地对同道者说:

“一个人一辈子能有几幅佳作?”

感觉不到痛的痛

余秋雨教授给我讲过一个真实的故事。

“上戏”传达室有一个门卫因病逝世，当时担任院长的余秋雨特地前去吊唁。人们感到奇怪，门卫的丧事只要后勤部门派人去料理就足够了，何必院长亲自出马？余秋雨却说，这位师傅生前给我们带来了很多的欢乐，不管是老师还是同学，都愿意带传达室停留片刻，拿取信件，寄放自己的饭盒或雨伞，听见他爽朗的笑声，一天的疲乏就全都忘记了。对这样的人，岂能用一只花圈表达尽我们的敬重？

自然，有人不是这样的活法。他两只眼睛始终盯住学位，读完了硕士读博士。当上了副教授，又千方百计当教授。名额有限，就背地里做小动作，竭力把别人拉下去。他的全部人生便是为了一己的利益设计的，也始终围绕自己的目标苦心经营。可是在他实现目标的同时，却让所有的人都对他侧目而视。

什么才是健全的人格、完满的人生？不是学历文凭，不是金钱地位，也不是那些轻易可以赋予或者剥夺的外在的东西。

在无意间借到的一盘录像带上，我看了一部台湾电影，片名已经记不得了,内容却让人感到震惊。20 世纪 50 年代台湾岛内经济萧条、物资匮乏的时期,男女老少都面带菜色。某乡村的一个寡妇,整天忍饥挨饿,不辞辛苦,可家里依然无法揭开锅。为了让孩子碗里有肉,她终于咬咬牙,用自己的贞操,换得屠夫的片刻之欢。在村外的小树林里,她提起裤子,接过屠夫给她的一块肋条肉时,脸上竟闪现如愿以偿的喜悦。

我的心头不由一阵发紧。饥饿这个无形的魔鬼,确实是能摧毁廉耻心的啊。不难想象,在被饥饿逼迫到绝路时,得到一碗放满野菜的面糊糊,简直比登上月球还能令人满足!

我突然领悟,所谓饕餮,其实是饥饿到极致所产生的美丽梦想,是无比崇拜食物的疯狂失态,也是人性本质的一种自然袒露。从一个人的吃相,是完全可以看出他的学养心智和生活环境的。所以,那些以巨大的精神力量战胜饥饿的人,那些宁可自己两眼发黑,也要把仅有的粮食让给别人吃的人,才是最值得钦佩的英雄。

我有一位同事老郑,家在外地,那儿有妻子和两个女儿。妻子是一所中学的教师,很有女性风韵,书也教得很好。奇怪的是她很少来看老郑,老郑也很少去看她,他即使去,也总是赶公共汽车早出晚归。偶尔听到别人议论,他是一个典型的“孝子”,坚持与母亲住在一起,母亲患青光眼,只能靠两只手在黑暗中摸索,生活起居全都由他照料。

直到年迈的母亲离开了人世,他也到了退休年龄,老郑才回到了老婆的身边。他偶尔也会回来,找老朋友叙旧,还是早出晚归。现在他是放不下妻子,怎么留也留不住。

后来我才知道,他妻子得了不治之症。老郑日夜守候在她身边,倾尽全力服侍她，仿佛要把几十年来所欠缺的全都弥补似的。妻子对他十分依赖，如果一天听不到他的声音，她宁可不吃药。说来也奇怪，在医院里住了一段时间，妻子的脸色居然变得红润起来，病灶也消失了。

我把他称作“第一潇洒男人”。只要小心留意，很容易在我们这个城市最豪华的宾馆、酒楼、夜总会或咖啡厅里见到他潇洒的身影。他的身上是清一色的名牌，POLO、曼哈顿、皮尔卡丹，或者是 PLAYBOY，从来不会相互交错。连手里的皮包也常常随之更换。懂得品位，便是他给人的第一印象。

在公众场合，他往往是潇洒一族的核心。有一句出自他的名言，迅速地在朋友们之间流传。“钱嘛！纸嘛！花嘛！用嘛！赚嘛！”多么的有节奏有气派。他也颇能喝酒，朋友请他或者是他请朋友，去档次最高的饭店，开品牌最佳的洋酒，名言又随之而来：“酒嘛！水嘛！喝嘛！醉嘛！睡嘛！”寥寥数语，连同那漫不经心的神态，已足以将众人征服。

他会玩。凡是市面上最流行的游戏，他几乎没有不会的，诸如保龄球、卡丁车、司诺克、高尔夫球等等，在他看来完全是小儿科。他最近喜欢与人们谈论游艇和轿车的驾驶技术。很遗憾，暂时还不能接触飞行器，哪怕是直升飞机和热汽球，但他始终坚信自己有驾驶飞机的天赋。

他有时会制造一些绯闻，因为绯闻恰恰是潇洒的体现。

别以为他口袋里装满了钱。如果这样想，对“第一潇洒男人”的理解就错了。有一段时间，他过得非常窘迫，甚至陷入困境难以自拔——他担任总经理的企业经营失败，一度声名狼藉。他突然失踪了，差不多有半年时间手机号码接二连三地变换。然而当他再次出现在朋友们面前时，仿佛什么事情都不曾发生，依然像从前一样潇潇洒洒地生活。只有熟知内情的人明白，近来他常常要服用大剂量的“脑白金”才能入睡……

我看台湾导演赖声川的《红色的天空》。他把自己的戏诠释为“一个充满生命、音乐、幽默的旅程”。其实是描绘一群在老人院里的外省人，以固有的方式，慢慢走向生命的末端。

生命到底是什么？在布满红色晚霞的天空下，人们追问。九十四岁的邓老太太像个孩子似的大声欢笑：“我活着，我活着，我很高兴！……”活着，在颓倾的肉体中，包容着一颗和朝阳一样美丽的心，还有比这更能令人潸然泪下的吗？

当然心里会有深彻的痛楚。老李说，胸腔有病，把长长的管子塞进去，抽出脓血。一次没抽好，再抽第二次，那真叫痛。邓老太太说，女人生孩子的时候，肚子痛得没法说。说不出来的痛，那才叫痛。老金摇了摇头，什么是痛？感觉不到痛的痛，那有多痛?！二十多年前，妻子慧芳离他而去，不久女儿又离他而去，巨大的创痛让他的心麻木了，一滴眼泪也流不出来。他已经无法找到痛的感觉。正是这样，他才孤零零地提着行李，告别不能不割舍的家，走进老人院，走进一个完全陌生的世界……

青春同此凉热

——1968 年祭

1968 年对于今天是何其陌生，何其遥远。我无意中看到一部从网络下载的电影《戏梦巴黎》，却被拽进了 1968 年的语境。电影场景似曾相识，莫非是在好多年前看过它，或者是听说过它？不不，我从未看过意大利导演贝托鲁奇(BernardoBertolucci)的影片，包括他的以溥仪为题材的《末代皇帝》。这些年电影已很少让我痴迷。但我知道，贝托鲁奇为这部影片贴上“情色”标签，是想让人们触及 1968 年巴黎街头所弥漫的那种属于理想主义者的空气。

那一年 5 月的法国巴黎，各类社会矛盾激化，终于由热血青年作先导，掀起了五月风暴。13 日，20 多万名学生和工人潮水般涌上街头，高呼反政府的口号，进行大规模示威游行。在戴高乐总统访问罗马尼亚期间，巴黎的局势更是大大恶化，整个城市陷于瘫痪，罢课罢工甚至席卷了法国 90 多个省。

《戏梦巴黎》正是以此为背景展开情节。

巴黎，法国电影博物馆，孪生姐弟雷奥和伊莎贝尔结识了美国留学生马修，三个喜欢电影的青年成为好朋友。雷奥和伊莎贝尔请马修住在了他们家。马修暗恋着伊莎贝尔，但不知道他们是姐弟关系。由于大学罢课，三个无所事事的青年人在房间里玩起了对电影台词的游戏。假如谁答错了，将受到独特的惩罚——旁若无人地自慰，或做爱。在姐弟俩的要求下，马修与伊莎贝尔做爱了。这是伊莎贝尔的第一次，雷奥为此痛苦不已。当父母出门度假时，三个人在客厅里搭起帐篷，点起蜡烛，玩起了裸体主义……但伊甸园般的日子并不持久，一天早晨，伊莎贝尔放开煤气管，打算与两个男孩一起死去。谁知这场乌托邦式的自杀，却被暴动者的石头打破了，雷奥与伊莎贝尔打开房门，投入到如火如荼的暴动中。

革命是什么？革命不是吃饭看戏，不是电影，不是性爱，也不喜欢温良恭俭让。革命是投身于狂热的人流，倾翻漂亮的轿车，向敌人投掷燃烧弹。马修不喜欢这种流血的暴力。无法阻止革命的他，只好选择悄悄离开。巴黎的武装警察终于像潮水一般席卷街垒，以一种无比勇猛而强悍的姿态，吞噬了孱弱的革命者。

令人诧异的是，当理想迷失了方向，生命的冲动成为一种无法排解的欲望时，三个法国青年之间情与色的纠缠，狂热与悲凉，竟是在来自中国的意识形态的种种符号下演绎的。一片血红色的旗帜，以及切·格瓦拉的照片……这样的氛围，仿佛不是在巴黎，而是在1968年的中国；仿佛不是在雷奥、伊沙贝尔兄妹的家，而是在我和我的同学们的家。差别只在于我们那时候的性欲和言论都是被禁锢的，我们的脑子里绝不会产生电影博物馆之类的概念。

面对显示屏画面的我不能不深感震惊。

是的，巴黎永远是一个艺术至上的首都。记得几年前去香榭丽舍大道，在宽敞的地铁候车室，看到有人把贴得厚厚的广告从墙上撕下，准备粘上新的招贴,我竟然想起了“文革”中贴大字报的情景。但这里并非上海。在领衔时尚的巴黎,广告总是那么性感,穿着紧身长裙,脖子里围着黑色羽毛的女郎,头上罩着一颗红红的心。她当然不如红磨坊的舞台上那么袒胸露脐、玉腿横陈,但印在了“老佛爷”的手提袋上,依然是那么诱惑人。此刻,谁能想像 1968 年的巴黎曾经发生过什么?

《戏梦巴黎》的叙述或许是米兰·昆德拉式的。在巴黎,在布拉格,面对滚滚而来的政治洪流,个人所能够感觉到、触摸到、留下记忆的一切,该用怎样的语言来表述?戴高乐将军几十年辛勤经营的血汗,仅仅几天工夫就被学生们踩成了废墟。他后来回忆这场革命时感慨道:“这是一股激流,我没法抓住它,激流用手是抓不住的。”

我不能不想起我们的 1968 年。1968 年 8 月,那个过去了四十年的夏天,对于我们这一辈有“老三届”称号的人来说,是人生的转捩点。不由分说的转捩,留下了多少切肤之痛啊。恰恰是在经历了轰轰烈烈而又混乱不堪的红卫兵运动后,我们无奈地离开教室,去往乡下插队落户当农民。那时候,能看一场 8.75 毫米拷贝的电影《地道战》已是至高享受。而在这之前,我们身穿旧军装,套着红臂章,扛起大红旗,满腔热情一脸神圣地在街头用扫帚在“走资派”的名字上打 ×,冲进牛鬼蛇神的家肆意抄查,剪去他们的头发或裤管,把写有打倒字样的木牌用铁丝挂在他们的脖子里勒出血丝……

这也是一股激流。我们那一代人被激流席卷而行,也理直气壮地充任了推波助澜者。既摧毁了无数看不顺眼的事物,也摧毁了自己的青春。在莽撞地与社会交手后,终于品尝到了被社会无情抛弃的滋味。我摆在课桌里的一叠高中教科书失窃了,苦苦寻找了三十几年,寻找到的却只是“悔恨莫及”四个字。

20 世纪 60 年代有一句豪迈的诗“环球同此凉热”。我想,青春的狂热与悲凉也是环球同此。不仅仅中国,也不仅仅法国,还有亚洲的一些国家。难道不是吗?

意大利名导演贝托鲁奇在谈到《戏梦巴黎》时说过“五月革命,血色蔷薇”这样的话。五月风暴使整个西方世界都兴奋了起来。浪漫的巴黎青年打着“不为面包,为蔷薇”的旗号开始了革命。那个时候,人们倡导性的解放与自由,提倡人权的高度自由,性行为变成了与看电影一样的东西,想怎么做就怎么做。巴黎青年甚至认为性交可以给革命带来高潮,革命同时也为性交提供高潮的条件。

1968 年那个理想主义漫天飞舞的年代,令今天的人们匪夷所思。要重新走入那段历史,真的不是一件容易的事情。当年前卫的法国青年对于改造社会的认真劲儿,对毛泽东语录和对红卫兵的崇拜,是难以理解的纯真与浪漫。这与我们当年把毛主席像章别在皮肉里,然后骄傲地挺起胸膛异曲同工。

到了 40 多年后的今天,革命已经成为历史书中偶尔讲讲的东西,人们开着轿车去博物馆参观革命,开着香槟酒缅怀革命。今天的年轻人一心憧憬着 2008 年,甚至打算把婚礼或孩子的生日都安排在 8 月份,那个北京奥运会开幕的日子。对于 1968 年的祭典,他们何必要有太多的感觉?我们这辈人怕也因为太苦涩而不愿咀嚼了。

故土上的邻桌

赫尔塔·米勒坐在维也纳的车站咖啡屋里，把目光停留在一个男人身上。她敏锐地认出他来自故土。她说："我的眼前，如一道微光，事物的内核：一整片土地在一个人身上。我的整个故土，就在邻桌。我马上认出了它。"没有人能比终生漂泊者更深刻地表述移民心态。所以这位诺贝尔奖获得者在《邻桌旁的故土》中说："人不属于地方。人不能在石头、木头或随便碰巧的什么地方安家——因为人不是由石头和木头组成的。如果那是不幸，那异样就是不幸。此外无他。"

她在罗马尼亚时，是德意志移民的后裔。移居德国，仍然被视作异类。于是她通过她的文学写作，不断强化她的这一身份。

我跟她完全不一样。我始终生活在故土，一个湖荡围拥的地方。每年有机会往外走走，但很快就回来。我在故土感知世界。老城区临河的店铺，有多少家咖啡屋、酒吧、西餐厅和料理店。入夜，披着河面上反射起的霓虹波光，身材矮胖、皮肤黝黑的台湾人，成群结队，纷纷前去享受良宵。窗户里飘出用闽南语演唱的"爱拼才会赢"的卡拉OK，到处是衣香鬓影，到处充满了艳丽的色彩，简直让人怀疑是在台北西门町。还有新城区，那些布满了湘菜、川菜、粤菜或书写着韩语的烧烤店的马路，高悬空中的招牌十分抢眼，把地方风味全都淹没了。

故乡的生活原本很纯粹。尽管很早就有了铁路，终因水网环绕，相对封闭。别的不说，仅口音而言，只流行吴语。自己听起来，则每个镇的方言又各不相同。甚至村与村的口音，也能区分得清清楚楚。这无疑是相互封闭，缺少社交造成的。可是到了今天，不管是什么地方人，在公共场所谁都在说普通话。有时侯两人讲了半天话，才恍然大悟，原来都是本地人。有很多习以为常的东西在不经意间被颠覆了。

我亲身经历过一件事。那次，是接待一个来自香港的访问团。一行60余人，兴致勃勃地考察了台资企业，也游览了古镇。当晚，在宾馆设宴招待。杯觥交错间，一位年逾古稀的客人突然提起一个人，说他们半个多世纪前在南京是同事，也是好朋友。后来，由于众所周知的原因，又一起去了台湾。但他因为得罪了台湾政坛人物，不得不去了香港，又转向美国。这些年来，他始终挂念着那位朋友，却难以与之联系，听说最近到了贵地，不知是否如此？

凭着他提供的要素，十分钟后就找到了线索。那位朋友确实移居此地。不过这几天他去了上海。随即，又打听到了那位朋友在上海居所的电话号码。一对几十年没有见面的朋友，在我们这里重新建立了联系。

那天我去一家外企参观，看见那儿有好几千吃盒饭的员工，秩序井然。他们中有的来自北方偏僻山沟，有的跳槽于衰微的乡镇企业，也有的毕业于名牌大学，白天是操作工，流水线的线长，或是管理干部，晚上便纷纷去图书馆读书。厂区内几乎都是二十来岁的青年人。这让人醒悟，为什么我走在大街上，几乎看不见熟悉的面孔。

我们的城市被鳞次栉比的新楼所撑裂，城廓迅速扩大。满街的新楼新得令人炫目，仿佛一片挣脱了蜕衣的肌肤，丰满壮实，闪烁着健康的光泽。是的，一旦失去移民，城市的每条经脉都可能瘫痪。

移民是一股多向的潮流。耐人寻味的是在大量移民涌入时，本地人却积极地向外移民——这些年，和我年龄相仿的人，纷纷把正在读大学或读高中的孩子送到国外读书，毕业后留在上海、深圳、北京工作。这样的做法很时髦也很新进，不仅说明了经济上已经具备一定的能力，在观念上也与国际接轨了。

但无论如何得承认，从东欧漂泊在德国柏林的赫尔塔·米勒，对于移民的理解，远远比我们深刻。"她以精炼的诗歌和率真的散文，描写了被剥夺者的生活景象"。这是诺奖委员会对她的评价。而在我们这里，坐在邻桌的陌生人，端杯举箸所发出的喧哗，总是比我们响亮得多。匆忙中，有人踩了我的脚板，他说声对不起，我说声没关系，彼此相安无事。

上上海

上上海

上上海，对于生活在沪宁沿线的人们来说，是一件很隆重的事。无论是去南京路购物、去外滩拍照，还是去大世界白相，都要作再三的筹划。花钱不算，光是买火车票，就够劳神费脑了。排队自然是累的，心里却焦急而又兴奋。

100年前的1908年4月1日，沪宁铁路建成通车时，沿线的人们纷纷前往车站看稀奇，被这条轰隆轰隆的铁匣子长龙吓得不轻，谁也不明白它为啥能跑得这么快。然而，一直到农业学大寨的年月，还有很多水乡人没有乘过火车，甚至没有见过火车。他们上上海，是自己动手摇船，一路沿吴淞江朝东，渐渐进入宽阔的黄浦江。回家的时候，装着满满一船的垃圾或黄粪。他们说，上海城里人吃的营养好，所以黄粪特别肥，而且任你装，不要钱。农闲时，生产队里按次序派人上上海，不仅能看到黄浦江里的大轮船，还给工分补贴。上了一趟上海，回家后至少要吹三天牛。那些脑子灵活，在上海错综复杂的马路间不迷失方向的人，无疑是最值得自豪的。

如今一切都改变了。越来越多的上海人主动或被动地选择了去上海的外围居住，城乡之间的界限逐渐模糊。前几天，遇到一位上海某高校的教授，他高兴地告诉我说，最近在昆山买了一套房子。价格比上海便宜得多，周围环境也不错，而且交通很方便。乘动车，只消十几分钟就到了，来不及打个瞌睡。明年开通了城际铁路，每三分钟发一班车，就更加方便了。

他的话，让我想起一位台湾朋友 D 先生的方式。D 先生曾在英国留学，获得硕士学位后，在台湾新竹工业园觅到了一份令人羡慕的工作。但他很快与妻子一道，双双前往昆山，进了一家电子企业。前些时候，这家企业把 D 先生派往上海浦东工作。他每天早出晚归，在昆山和上海之间来回跑。家仍然安在昆山，日子过得匆忙而又舒心。父母亲每年从台北飞过来，住一两个月，跟很多人交上了朋友。

有人说，正是因为一百年前建造了沪宁铁路，才有今天长三角的繁荣与富庶。确实，假如把上海称作龙头，那么昆山、苏州、无锡、常州、镇江、南京……就是蜿蜒的龙身。一座座散落在长江南岸的城市，由沪宁铁路衔接与串联，构筑起“一小时都市圈”，以各自的风采融合成极具国际竞争力的世界第六大城市群。在城市群的四周，与原本的概念大有改变的农村，也将愈加璀璨夺目。

对于普通老百姓来说，乘火车跟乘公交车一样方便快捷，上上海变成一件随心所欲、轻而易举的事情，生活观念和生活方式必然会有更大的改变。

声音

我想农耕时代的人们，生活在过分的宁静恬淡之中，常常制造热闹的声响，以庆贺四时五节。于是鞭炮齐鸣、锣鼓喧天、声势浩大等等，成为欢乐的代名词。人们制作出各种各样的响器，正是要让鸡犬之声相闻，老死不相往来的日子增添亮色。也让禾苗咔咔的拔节声、秋虫滴滴的低鸣声、细雨滋润草丛的沙沙声、河水拍打驳岸的哗哗声，以及人走在田埂上的脚步声，显得更加可爱。那，才是自然之声。

老子在很多年前就曾经说过，大音希声。他对于完美和质朴的理解，是多么的深刻！

人的两只耳朵生来就该接纳声音，声音是聪明的见证。谁曾想，生活在现代文明中的我们，今天却用高科技手段制作出电子声音，比锣鼓或鞭炮省事得多，而且可以大量复制。谁知这些仿造的、反自然的、高分贝的、不和谐的、嘈杂的声音，时时折磨着脆弱的神经。试想，站在马路的一侧，闻听恍如浪奔浪涌的喧嚣市声，顿时让人因烦躁而呼吸急迫。在摊档密集的商场里，共鸣箱极大的扩音器放送着招徕顾客的信号：叫喊、广告和串味的音乐。似乎谁的声音轻一点，就会淘汰出局。这种显示激烈商战状态的声音，实在让人无法逃遁。那么来到偏僻的地方，享受一下清静吧，BP 机和移动电话的滴滴、嘟嘟声，以及洒水车特意放大了的音乐声，仍突兀冒出。它们仿照某种乐曲，却因为失真而刺耳。过了午夜，总该万籁俱寂了吧，迪厅内冲击力极大的乐曲声，马路上轰鸣而过的汽车和摩托车，依不由分说地闯进你的梦乡……

我们的神经疲劳，或许正是由这些电子声音带来的。

“声相应，故生变，变成方，谓之音”，声音本该是合乎天地之韵律，而且悦耳动听的。古人所谓的天籁，就是指天地万物自然而然发出的声响。星移斗转，晨昏晓暮，大自然以固有的节律运转，发出均匀的呼吸——籁者，箫也。从箫孔中发出的声响，不是鼓铙锣钹，不是黄钟大吕，而是优雅恬静的管乐，悄然将人环绕，不绝如缕。可是时序到了今天,许多谙熟电子合成音乐的孩子们,却不知道布谷鸟的鸣叫有多少意义,青蛙的鼓噪象征着什么,银杏叶片掉在瓦楞间又被风儿吹起的簌簌声,蕴含怎样的诗味。不,不是他们不想知道,而是繁华的城市中无法寻找这种原生态的声音。

依永律和、超越凡俗,音乐才显得那么美妙的,令人久久陶醉其间。我们四周充斥着太多的电子声音,却仅仅是对音乐拙劣的仿制,除了生硬刺激人们的耳膜,还让人不自觉地把本色遗忘了。将它们称之为“伪声音”,而不是噪声,是因为这不仅仅涉及生理,更多的方面关乎社会心理。拼命追求声色的现代人,恰恰在匆忙中丢弃了声色。这有点儿无奈,也有点儿可悲。

罗浮山一夕

岭南的暮春时节,已经透现些许潮热。坐在宽敞的庭院里,享受掠过水面的山风,看狗儿追逐,觉得格外悠闲。

我们应约而至时,主人还在城里,于是自己动手烫杯沏茶,随意观赏这座山坳里的宅院。苍翠茂盛的山林是天然屏障,一池人工开挖的鱼塘承接甘洌的泉水,四周是成片成片的果园,只有一条曲折有致的路与外界勾连,幽静安谧自不待言。据说,偶尔的会从山林间蹿出来黑黢黢的野生动物。主人在院落一侧饲养了不少鸡、鹅、猪。把丝网抛下鱼塘,转眼间就捕捞起十几条肥硕的罗非鱼。他说,土地和山林都是向村里租的,南面还租了一片果园。他自小就生活在这里,去城里工作几十年,临近退休时很想叶落归根,所以建造了一幢小楼,经常过来住住,也可以用土产招待四面八方的客人。

其实,仅仅是空气就足够令人羡慕了。为光怪陆离的都市所诱惑,又深感身心疲惫的人们，谁不愿意呼吸这里充满负离子的空气？陶渊明的“采菊东篱下，悠然见南山”也不过如此吧？

庭院里，有几棵从别处搬迁过来的大树，塔形的树冠间装着滴管。但看得出它们已经适应了环境。坐在树下的石块上，面前恰好是一丛艳丽得耀眼的榴花，开放得恣睢而又自在。朋友们很放松，只顾品茗抽烟，漫无边际地聊天，我却有些走神。

自古以来，在中国人的崇拜中，白眉银髯，柱着龙头拐杖，怡然自得的寿星形象最鲜明的。其实，只有他们才真正体会，岁月之水不可逆流，人并不是为了年龄而活着的。“春风解绿江南树，不与人间染白须”，这多少有些无奈，然而“还有少年春气味，时时暂到梦中来”，毕竟让人感到难以言说的浪漫。在很大程度上，享受片刻闲适，终究还是为了投身于搏击。否则，地球会凝滞。

自然，谁都明白，生命是无法放在电冰箱中保鲜的，人所创造的东西和依附于人的物件，都不可避免地存在有效期，永恒仅仅是哲学家们的一种美好愿望。也许，恰恰是因为痛感生命苦短，人们才十分珍惜每一个时段，让生命的能量尽可能完全燃烧。

只可惜，很多时候，这样的火焰很容易被金钱物欲所点燃、所催逼。甚至，连休闲也能以资本的形式炫耀……

暮色围合，灯渐次亮起，罗浮山的景色愈加像一幅渲染的水墨画。主人摆摆手，热情地招呼我们去用餐，桌上摆放的烧鹅与鱼汤香气扑鼻，是那么诱人。

白领先生

随着外资企业的大量涌入，在老外与国内用户之间的充当桥梁的人越来越多。把他们称作“白领阶层”,也许并不为过。

那天我在朋友董先生的公司里遇到一位张先生,他三十多岁,已经在日本企业、韩国企业干了五六年,最近又转到一家德国企业当销售经理。看来他挺敬业,坐在车上或进餐厅吃饭,手机不停地响,忽而用英语、忽而用日语,普通话当然也讲得很流利。他说属于自己的事,谁也帮不了忙,必须抓紧时间做好,外企的最大特点是没有上下班之分。但是老外让你做五分,绝不能做六分。有时忍不住向老外提出某些合理化建议,老外会拍拍你的肩膀说:“OK,你讲得不错,但我是老板,明白了吗?”

张先生大学毕业后,以一种自我挑战的心态进了外企。并和他的白领同事一样,起了一个英文名字——老外总是无法准确地叫出他们的中文名字。他觉得在外企至少能参与竞争,激发才能,免得过于安逸而荒废了自己。确实,每次出差都是一个人天南地北地闯。他原来出门不记路,走过几次的地方,还常常辨别不了方向。现在练出来了,一看就知道哪儿朝东,哪儿朝西。

朋友董先生是合资企业的中方经理,与外企的白领交往很多(从某种意义上看,他也是白领)。负责销售化工设备的张先生,便是董先生的业务伙伴。张先生说,让人感到心里踏实的是德国人的设备质量不错,卖给自己的同胞,不至于被人骂娘。虽然领的是外企的薪水,代表的是外方,可是自己毕竟是中国人,从小受的教育决定了必须为同胞着想。我问他是不是有点矛盾。他笑笑说,有时候会一下子找不到感觉。但外商来投资,两眼一抹黑,迫切需要我们告诉他在中国应该怎么做,他们带来的技术、设备,科技含量很高,也需要经由我们在国内市场推广。从这个意义上说,我所扮演的角色是必不可少的,也很有价值。

他说他研究过曾为之服务的三位老外。由于文化背景的差异，日、韩、德三个老板各有千秋，共同点是上下级界线很分明，但下班以后绝不管你去干什么，很尊重员工的隐私权。在工作节奏较快的环境里，确实也没有时间关心别人的隐私，去飞短流长。他没有告诉我几次跳槽的原由，似乎隐藏着某些不愉快。但我想，勇于不断改变自己的人生坐标，这本身不就体现了外企白领的特点？

我问他在外企当白领，能否真正实现人生价值。

谁知他反问道："你的问题太笼统了，为什么不问我再过十年将会怎么样？难道就这样一辈子为老外卖机器吗？"

他曾一再地这样问自己，却难以找到满意的回答，未免有些苦恼。

董先生已经在外资企业干了十五年，与外商打交道有足够的经验看来他对此早有思考，回答得很干脆："你必须培育自己的实力。有了实力，你才能掌握自己的命运，才能成就事业。否则，你永远只是打工仔！"

张先生点点头。所谓实力，应该包括经济、知识、经验、才华和体能等诸多方面，可要拥有想象中的实力，并非一日之功。他笑道："圣经说，上帝给予每个人的一生六个机会，但愿我会抓住属于我的机会……"

我和董先生都笑了。

纹饰的力量

纹饰的力量

美国电影《达·芬奇密码》中有这样的一个情节:哈佛大学宗教符号学教授罗伯·兰登在巴黎作学术演讲。他让那些思维活跃的听众凭直观解释符号,并且说:"符号是一门语言,能够帮助我们理解过去。正如谚语所说,一图抵千言……"投影仪上,希特勒纳粹党旗上的斜角形卐,略微转了个方向,竟幻化成如来佛的"佛心印"。这个幸运标志,象征着吉祥万福之所集。然而罗伯·兰登万万没有想到,几乎在同时,他的朋友,德高望重的卢浮宫博物馆馆长雅克·索尼埃竟遭到一个陌生人的枪杀,倒在了血泊中……

这个符号,原来是上古时代许多部落的一种符咒。世界各地的古文化遗址中都出现过它的踪迹。人们把它看成是太阳或火的象征,以后被作为吉祥的标志。随着古代印度佛教的传播,此字也渐渐传入中国。到了唐代,女皇帝武则天把它定为"萬"字,意思是集天下一切吉祥功德(如今简化字的"万"倒是与此很相近)。纳粹党旗的符号仅仅将它旋转了一下,内涵完全变化了。

纹饰,暗含于人类经验的语言之中的一种意象,是精神的一种最佳表达方式。而且线条愈是简洁，所表现的内涵愈是丰富。往往是某种纹饰所依附的物体已经消失，纹饰的神韵却仍然存留在人们的记忆里。我看到最初镌刻于黑皮陶罐上的鱼形饰，后来出现在梁柱、船舫乃至服装上，它不仅是“吉庆有余”的标志，也是繁衍——性爱——求子——美满的象征。鸟形、蛇形、角形、树形以及饕餮纹饰，也以各自的艺术形象，简单而深刻地记录着人类的文化。

十年前，我们在赵陵山良渚文化遗址出土的一件陶器的圆盖上，曾经发现了风格独特的纹饰。南京博物院的几位专家如获至宝，翻来覆去地将它研究，说它有五个特点：1，既无起点，又无终点。以任何一点为起点，都可以进入无限循环的系统之中；2，虽然是图像，却没有办法确定是哪一种物象，可谓无形之形、无象之象；3，图案中的方圆、曲直，或者称为阴阳，互相缠绕，互相依存，互根互生；3，图案中心的一个四角形，上半部的圆圈，左下方的圆环和角环外凸，右上方的凸出上升等，很像是《太极图》阴阳鱼中的鱼眼；5，图案的中心部位使用了中心对称和中轴对称的手法，具有《河图》、《洛书》之妙。

仔细端详这件笼罩着神秘与庄严色彩的纹饰，令人联想起龙蛇类动物的交尾和人类的生殖繁衍。这无疑透现了我们的先民在五千年前对祖先与神鬼、生与死、男与女等等人生哲理的感悟。要知道，那时候尚未出现文字，也没有金属工具，刻画这件纹饰需要何等的智慧！可惜，流逝的岁月太邈远，中国人的思维模式又历来有着模糊化特征，让今天的我们难以捕捉它的流动状态。

前些时候参加了一次城市标识讨论会。通过网络从各地征集来的好几百件标识，无不以色调、线条提醒文化元素，充分展示了那些业余或专业设计师的技艺。其中之一是在绿色山形背景下，用祥云纹和水浪纹勾勒出一个汉字，以表演城市的名称与精神。而另一件设计的构图，似乎是一个长着红色翅膀的风火轮，纯粹、明快而又充满动感。它以不同凡响的另类思维，切合城市的创新精神。尽管并不尽善尽美，还有值得推敲之处，却足以耐人寻味。

我很想进入设计师的思维世界，从中学会最简洁而又最丰富、最浅显而又最深刻的创作方式。但，在真正的艺术品面前，谁也无法不遇到一股排斥力。

涂鸦装

那天在大街上，无意中瞥见一个身材高挑的女孩，穿着一条溅上了很多泥花的裤子。天气十分晴朗，她也不像是从乡下泥泞的田埂上走出来的，两腿泥花却给她增添了几分自然气息。仔细一看，才发现看似随意的泥花是服装设计师的杰作。原来这叫作涂鸦装。

记得达尔文的儿子乔治·达尔文很早就提出了服装演化和生物进化相似的观点。被称为第二皮肤的服装，不能不为性因素和社会因素所左右。但随着环保意识的渐进，面料越来越注重天然成分，花饰也越来越返朴归真。尤其是当人们厌倦了钢铁、水泥和汽油为基本要素的生存环境，向往着泥土、鲜花、野草的时候，服装的休闲主题就更加突出了。

好多年前，一位老友曾经向我描述过罱河泥的感觉。他说在乡下插队时，开了船下湖去，西北风像刀尖一样刺进衣服。卷起了裤管站在船尾罱河泥，冰屑泥水溅上双腿，一会儿就让汗毛孔渗出了血珠，却根本不知道疼痛。他的裤腿上永远泥迹斑斑。并不是洗不掉，而是为了与贫下中农保持一致。他的保持一致长期付诸于行动，尽管身体单薄，却一直挑重活干。后来当了砖瓦厂的厂长，他依然与泥土打交道，依然干得十分辛劳，甚至积劳成疾，年仅三十八岁就离开了人世。直到现在，我只要一闭拢眼睛，他两手老茧、一身泥花的模样，便浮现了出来。

谁能想象，泥花居然也成了一种时髦。

时髦的起源历来难以捉摸。人们往往认为服装的时髦是由住在巴黎的某些神秘的权威人士发起的，于是有了夏奈尔、范思哲、阿玛尼和瓦伦蒂诺等等，以及 MadeInchina 的许许多多的名牌。凭我的目光看去，在名牌意识强化了的今天，穿在普通人身上的，有很多是对名牌的抄袭或者盗版。抄袭大大推动了流行。你看这些年来，喇叭裤、直筒裤、牛仔裤、低腰裤乃至涂鸦裤，从国外蔓延进来，又从沿海城市向边远城市和乡镇蔓延，名牌以无法抗御的姿态进入我们的视线。仅仅由裤腰、裤裆、裤管构成的万变不离其宗的裤子，便衍化出了五彩缤纷的风景线。哪怕它比不上 T 恤，无法像 T 恤那样印上“烦着呢，别理我”之类的词句，也无法提供很大的面积印上某个明星的头像，可裤子上只要涂画斑斑点点的泥花，就胜出一筹了。它与地面的距离最近，最有理由享受泥土的芬芳，从美学的角度讲，一种本质意义上的单纯，往往是独特而引人注目的。

但单纯不等于原始。毕竟南太平洋的萨摩人穿的原始服装——在裸体上带有花环装饰和白色的鲸牙项圈，是不会成为现代人的时髦的。难怪时装大师们要从江南水乡妇女服饰寻找灵感。大襟纽襻布衫、白作裙、青束腰和绣花百纳鞋，让他们入迷。

如厕这件事

林行止先生四年前赠我一册《说来话儿长》，在书架上藏得太好了，竟几次没找到，最近却无意间发现了，便将这册关注人类“出口”大事的奇书重读了一遍，心里甚是钦佩。黄永玉所作的序，题为《出恭如也》，且附有这位老头手绘的漫画“出恭十二图”。他把最见不得人的场景描绘得栩栩如生，独具风采，实在令人捧腹。

然而排泄的动作终归不雅。前些时候的广州亚运会，央视直播飞人刘翔的热身与比赛，不料，当记者冬日娜将手指向刘翔时，发现刘翔正走向洗手间，至少有六亿观众目睹了这个尴尬画面。转而一想，飞人也是人，谁都要上厕所，就像谁都要吃饭一样，没什么尴尬的。全看你怎么对待这件事。

我没有享受过备有液晶电视、梳妆台和香水的豪华厕所，倒是下乡插队时，用过几年茅厕。农民把陶缸半埋在地里，用竹竿和稻草遮掩，蹲在缸沿上，就可以出恭了，俗称“蹲坑”。记得那时很穷，舍不得花钱买卫生纸，每天带一本破旧的长篇小说《短暂一生的漫长一天》，看几页，撕几页，差不多能够维持两个月。小说的情节还算精彩，足以让人忘记粪水的恶臭和蠕动的蛆虫。村委会和小学校之间有一个砌着半墙的公共厕所，已经是一大进步。古镇上的环卫所，有一条大粪船，每天清晨让清洁工挨家挨户收马桶，清洗干净后像大炮似的摆放在门口，成为一道风景线。

上月去芙蓉镇旅游，在街巷里走累了，信步走进街边小店，店门口高挂的招牌是“米豆腐”，而且是《芙蓉镇》中的“豆腐西施”刘晓庆做米豆腐的那一家。我习惯地问服务员，店内有没有洗手间。服务员不理睬，仿佛什么都没听见。后来才明白，这个旅游景区的厕所，全都由私人经营，收费标准每次一元。如厕也成了产业。卫生环境差强人意，但内急的游客，只求尽快放松，也就认可了。

现在的情况已发生根本变化,厕所已成为城市文明的标志。有人说得颇有见地:如果一个城市的公共厕所水龙头正常使用,每天免费提供手纸,意味着市民素质比较高。厕所的清洁卫生自不必说,还大力营造文化气氛,挂几幅有趣的卡通漫画或贴切的厕联。看见上联“有小便宜”,下联是“得大解脱”,横批“鞠躬尽瘁”,你肯定会莞尔一笑。据说有的公共场所洗手间竟在洗手池边挂一块小黑板,如厕者可以发挥艺术天分的空间,随便留言,也免得把隔板涂鸦得乱七八糟。

文明总是不断地演进。林行止先生的书告诉我们,即便是像巴黎这样的时尚之都,当年不也曾有过“臭都”的名声?

像打麻将一样读书

像打麻将一样读书

那天，在一个饭局上，谈起读书，一位企业家朋友说："我读书很少，如今我是像打麻将一样读书。"他的话，让我十分讶异。他也许不知道，很多年前，鲁迅先生也说过"读书如赌博"这样的话。在《读书杂谈》一文中，鲁迅曾以打麻将的趣味来比喻读书。他说："嗜好读书，犹如爱打牌一样，天天打，夜夜打，连续地打，有时被捕房捉去了，放出来之后还是打。诸君要知道真打牌的人目的并不在赢，而在有趣。"

这位企业家朋友，十几岁就辍学出来闯荡江湖。当过学徒、跑街、采购员，成为外资企业的车间主任，后来自己投资创办公司，吸收了两位高学历的股东与他合作。这几年企业发展的速度惊人，几乎是每年翻一番。在很多人向他投来羡慕的目光时，他却发觉自己走到了十字路口。把企业做大做强，哪个老板不日思夜想？然而，经营理念和管理水平的制约，让他不敢贸然扩大规模。

这时，他终于意识到读书的紧要。不过，他像打麻将一样读书，跟鲁迅的"读书如赌博"颇有差别。他说：

"打麻将是为了赢别人，千万不能输。办企业同样不想输，怎么办？

读书呗，让书本告诉你，怎样才能不输！”

读书的目的本来就各不相同。“为中华崛起而读书”，对于一个个体而言，未免大了点。有的人读书为求职，有的人读书为升官，有的人读书为消遣，也有的人读书为愉悦心灵。对于他，读书是为了不输。因为他明白，自己输不起。

中国人历来提倡读书，悬梁刺股、囊萤映雪之类的故事，则是明证。然而，即便鄙视麻将，乐此不疲的仍大有人在。所以，人们往往把读书与麻将相对立。记得梁启超说过一句很认真的话：“惟有读书可以忘记打麻将。”但后来他又直率地说：“惟有打麻将可以忘记读书。”这位维新派领袖，在他一生短短的56年中，写出了各种著述1400万字。20岁以后，即使被政治活动占去了大量时间，他每年仍写作达39万余字。这决不是常人所能做到的。也许，他是既喜欢读书，又喜欢打麻将。然而他只是把打麻将作为精神放松的方式，不可能沉醉于此而忘记读书写作。

我倒是很欣赏那位企业家朋友的坦诚。他是为了让自己不输而去读书。如果每个人都能从书本中汲取营养，保持必胜的信念，社会不就进步了吗？沃尔玛连锁店的老总有一句名言：“复杂的事情简单做，简单的事情快乐做，快乐的事情天天做。”让顾客享受购物之乐，成为他工作的源动力，而让自己不输成为读书的源动力，不有异曲同工之美？

你学不学说谎

“我什么都能抵抗，除了诱惑。”最近网络上流传很广的一句话，其实是王尔德的美丽谎言。在这位爱尔兰艺术家看来，说谎和写诗一样，都是艺术，对这种艺术要进行一丝不苟的探索和钻研，要有赤诚的奉献精神。与绘画、雕塑一样，说谎也有技巧与形式。

从小，家长和老师就教导我们，要学会诚实做人，不说谎话。小木偶皮诺曹一说谎，鼻子就变长了。然而，现实生活给我们教训，说谎是人生的一部分，谁都难以回避的一部分。手机的号码显示功能，就提供了让你选择要不要说谎的空间。看见一个不愿意搭理的来电，用“在开会”、“在开车”这样的托词婉拒，西洋镜绝对拆不穿。

在纷繁复杂的世界上，首要的问题不是该不该说谎，而是会不会说谎。王尔德将谎言分为好几种，诸如善意的谎言、恶意的谎言、挽回面子的谎言、获得好处的谎言等等。他认为，关键在于要区分清楚，究竟是为功利目的而说谎，还是为艺术、娱乐而说谎。确实，有些人说谎，是为了欺骗，欺骗别人落入自己的圈套，以实现不可告人的目的；有些人说谎却是为了关爱——现实往往是残酷无情的，与其因直面惨淡的人生而郁郁不欢，还不如虚构一点无伤大雅的语言，抚慰伤痛，留得几分快乐。活在俗世中的我们，既时常警惕谎言的存在，又难以抵御谎言的诱惑。明知道虚情假意的不该，仍在不同场合下说着言不由衷的话，做言不由衷的事，以至于充满疑惑地叩问：“究竟是我们选择了谎言，还是谎言选择了我们？”

有研究者认为，人接受教育的程度越高，说谎的频率也越高。说谎的水平是与知识层次密切相关的。其间的道理并不复杂——接受过良好教育的人，知识积累丰富，头脑反应灵敏，语言能力较强，这就为说谎奠定了基础。对此，一位作家愤愤地说：“中国人说谎话的最高境界，是把谎话说成真话——你撒的谎所有人都相信，它就是真话；或者，你撒的谎所有人都不相信，撒了等于没撒，它也是真话。”

许多学术假像必须用更高的智商来揭穿，即是例证。

此时,说谎就成了一个严肃的道德问题。不少人为了政治目的,为了经济利益,为了个人私欲,闭着眼睛说瞎话,瞒天过海,还自夸为"大智慧"。这些人中居然还不乏成功者。然而,用谎言来掩盖真相,毕竟存在很大的风险。君不见一个个贪官落马,一个个学术骗子被揭穿,一个个经济罪犯锒铛入狱,便是因为他们昧着良心,说了太多的谎话,把自己都骗得真假莫辨。

又有研究者说,因为过于处心积虑,说谎会影响人的寿命。但说些善意的谎言,不在此列。

那么,你还学不学说谎?

红头发布娃娃

是在"9·11"事件半周年的那天晚上,我无意中看到一条电视新闻,题目"红头发布娃娃目睹世贸中心大楼倒坍事件"。美国儿童权利组织的负责人、莎朗·弗克森夫人手里拿着一只布娃娃,忍着内心的悲愤,强烈控诉恐怖组织的罪行。她说,儿童权利组织的办公室,就在世贸中心大楼的11楼,大楼倒坍后,人们在瓦砾堆里找到了破损的布娃娃。很多美国孩子都认识这红头发的布娃娃,它是儿童权利组织的象征。

随即,电视屏幕上出现了惨不忍睹的废墟,和躺在遍地瓦砾间的红头发布娃娃。莎朗·弗克森夫人说,布娃娃告诉美国儿童,生活是残酷的。

看完这则新闻,我忽然想起去年冬天接触过的一位美国客人杜苏里先生。他一辈子有40年时间是在港务局工作,负责许多重要建设项目,包括筹建了纽约的世界贸易中心大楼。"9·11"那天,他像往常一样驾着车从新泽西去纽约上班。按照惯例只要走一个小时就能到达，可是出了门，竟鬼使神差般地走上了另一条路。钻出隧道时发觉严重堵车，谁也不知道前方发生了什么事情。堵了很长时间，人们都不耐烦了，纷纷下车去看个究竟。杜苏里下车时一抬头，看见世贸中心大楼上出现了一个洞，似乎还在冒烟。他怀疑自己看花了眼。正待细看，一架飞机在他的视线里，野蛮地朝着世贸中心大楼冲了过去……

不几天，杜苏里接到了一个奇怪的电话。一位自称是志愿者的女士，开口就问："您是杜苏里先生吗？您真的一点也没有事？"杜苏里说，当然没有事，我一切都好好的，打算活到2010年呢。女士告诉他，她们在废墟上拣到了不少相同的名片，觉得从印着的头衔看，身为世界贸易中心协会总裁的杜苏里先生，无疑是与大楼关系很密切的一个人，既然这样，他遗留的名片肯定很有价值。于是决定以每张25美分的价格当场拍买。但她认为，还是应该打电话证实一下杜苏里先生是否还活着。杜苏里听罢，不由诙谐地笑道："难道我这个总裁就只值25美分吗？"

杜苏里先生说，有一天，纽约的电视台播放新闻，女主持人站在大楼废墟上，手里拿着一只红头发布娃娃，神情悲痛地说，这是在附近拣到的，拥有它的，是一个漂亮可爱的小女孩。谁会想到，在一个秋天的早晨，她和她的妈妈却好端端地被恐怖分子害死了。正和太太一起看电视的杜苏里先生，突然发觉不对，这布娃娃是我的，不正是我放在办公室里的那一个吗？杜苏里先生平生最大的爱好，就是收集世界各地的娃娃啊。

我无法证实我看到的经过编译的新闻，与杜苏里先生看到的是不是一回事。不过，红头发布娃娃却使我想起了纽约的电视新闻。看来，不管在哪儿，煽情都是一种容易使用的方式。

我们与什么错肩而过

我们与什么错肩而过

十字路口，车队的尾灯闪烁成红色长龙。堵车，不期而遇的堵车。蜗行时，我想起了几句古语：“没有远虑，必有近忧”，“凡事预则立，不预则废”。可是，各种各样的私家车如洪水一般在马路上泛滥，谁能未卜先知？生活中的事儿，假如都能按预想的走，不仅很乏味，也会谬误百出。

这些年，我们错过了很多。

当我们享受电梯升降的轻捷时，错过了上下爬楼的运动体味；享受E－mail和手机短信的方便时，错过了鱼雁传递和倾心长谈的温馨交流；享受山珍海味、饕餮盛宴时，错过了粗茶淡饭的健康饮食；享受都市生活的豪华绚烂时，错过了乡野恬淡宁静的自然氛围；享受金钱给人的刺激快感时，又错过了随遇而安的闲适心态。

与我们错肩而过的，何止于此？

且举一个例子。网络上正纷纷扬扬地议论着城市更名，徽州改为黄山市，历史悠久的徽州被名山大川吃掉，错过的是徽文化；大庸变身为张家界后，将久负盛名的“南天一柱”改为“哈里路亚山”，以营造仙境，错过的是民族尊严；贵州仁怀市改为茅台市，以确立“中国酒都”形象，错过的是900多年仁怀历史和赤水河文化；云南思茅改为普洱，借茶兴市，一叶障目。当普洱茶的价格泻落，错过的就更多了。构成一个城市品牌形象的历史文化、自然环境、生活习俗、产业发展等等，必须经过多少年的积淀和淘漉，才会稳定下来。凭热血冲动改换一个名字，或许会有暂时的轰动，却可能本末倒置。

“道可道，非常道。名可名，非常名”。老子的话告诉我们，没有哪个名字是永恒不变的。然而，也没有哪个城市是因为更名才获得重生。当我们追逐虚妄的荣耀时，或许错过了量力而行的韧长；沉湎于欲望的张扬和眼前利益的猎取，难免错过宏大未来的谋划；迷醉于表面的美丽与精致，很可能会错过对隐患的侦察……

这，是另一种螳螂捕蝉黄雀在后。

我们都在抱怨生活节奏太快了，暗地里仍然千方百计地加速，惟恐自己落在后面。就像驾驶汽车被堵在公路上，尽管大家明明知道，只要遵循交通规则顺序而行，谁都可以安全通过。但是谁都不愿滞后，不少车子随意变道，像泥鳅似的钻空子往前移，哪怕占先半个车身，也感到满足。结果是你不让我，我也不让你，在拥挤的车河中错失了礼让，反而把彼此都耽误了。这时候，甘于后进也需要极大的勇气和智慧。退一步地阔天空的哲理，并不难懂。

急功近利，难免导致错失。错失不要紧，还可以弥补。不意识自己错失的错失，终于让真善美错肩而过。

秋阵雨

秋阵雨遽然而至。

季节已过处暑，却一连几天闷热异常。傍晚，原本晴朗得让人不敢逼视的天穹，突然间乌云密布。那乌云先是在西南角聚集，一会儿就像是宣纸上的泼墨，大片大片地晕化了。乌云愈聚愈厚，愈聚愈浓，似有一股大不可测的力量在翻江倒海。终于，一道银亮的闪电，划破了乌沉沉的天际。那闪电犹如张牙舞爪的虬龙，亮得耀眼。顷刻间，一阵霹雳在天际炸响。住宅小区内，人们手忙脚乱地关闭门窗。那些轿车和摩托车的防盗器顿时发出一片嚣叫。

又是一道闪电，利剑似地劈裂苍天。浓厚的乌云露出了一道深深的裂罅。来不及看个究竟，一声巨雷在耳边炸响："轰——咔!"眼前明晃晃的，除了楼宇惨白的高墙，什么也看不见。一阵狂风，飞沙走石般地卷来。风中充满了浓浓的雨腥味。随即，积聚了很多时日的暴雨倾泻而下，哗哗地冲刷屋顶和玻璃窗……

大自然的威力确实无法估量。也许，文明初始的时候，我们的先人正是从乌云、闪电、青蛇、鳄鱼和暴风雨等等自然现象中，经过联想，产生了龙的形象。处于幼年期的人类，对这种虚拟的神灵，自有说不尽的敬畏、恐惧和莫名的崇拜呢。

但雨和人类密不可分。正是充沛的雨水，让尼罗河水常常泛滥，给两岸送去了厚厚的冲积土，使之成为非洲最肥沃的地方。江南的富庶无疑也是雨水带来的。"天油然作云，沛然下雨，则苗浡然兴之矣"。秋阵雨的风格，与黄梅雨完全不同，它不会那么一连几天无休无止，甚至使太湖水位突破警戒线，造成洪涝灾害。秋阵雨将洗净夏日的燠热，给我们带来天高云淡，气清神爽。

住在高楼上，似乎习惯了电视画面的逼真，却看不见蚂蚁成群结队匆匆搬家、红蜻蜓大片大片在空中飞舞的景象，也听不见风雨和树叶的喧哗了。与大自然的隔膜，这不能不说是人自己造成的一种损失。此刻，却出乎意料地发现，有一只蝙蝠翩然进入了我的书房。窗户都是关闭着的，它是从哪个通道不邀而至的呢？它究竟是为了避开狂风暴雨，还是突发奇想，要在书页间寻访古人关于秋色的诗句？我注视着这黑色的精灵，它只管舒展宽大的翅膀，无声地在空中舞动弧线，什么也不回答我，散漫出几分神秘。

第二天清晨，我去书房寻找这神秘的访客，它居然已经和昨晚的秋阵雨一起消失得无影无踪。

出汗

谁都有出汗的体验。记得当年在电信局当工人，盛夏季节穿着厚厚的帆布工作服，腰束工具袋，蹬着铁脚扣爬杆子。头上是火辣辣的太阳，脚下是从柏油马路泛起的腾腾热浪，没有一丝一缕的风，汗水就汩汩地渗出来了，像无数条小虫在脊梁上蠕动。工作服的后背被濡湿了，又很快被晒干，结起一层白白的盐霜。中午时分在僻静的马路旁，借助法国梧桐的树荫席地而坐，敞开工作服，露出精瘦的肌肉，几大口温凉的茶水下肚，身上的汗水竟像开了闸门的小河，汹涌而出。汗水畅通，血脉和顺，加上疲乏，人就变得能吃能睡。随便找片阴凉地，枕两块砖头，也能呼呼入睡。就着咸菜和萝卜干吃饭，分外香甜。要是凑钱买几斤小鱼，煎煎余余做成“百鱼宴”，那滋味绝对不在威虎山的百鸡宴之下。

其实那时很辛苦，也没工夫对流汗现象深究细察。后来读了几本书，才知道中国文化对于流汗也是有讲究的。比方说为了比喻将士南北征战，立下赫赫战功，不说人在奔波中流汗，而说他的坐骑汗水津津，是谓“汗马功劳”。比喻家里藏书很多，存放时堆积到了屋顶，称作“汗牛充栋”——在运书时连犍牛都出汗了。至于人，出汗的部位在哪儿也颇不相同。如果脸上不停地出汗，那叫“汗颜无地”，说明他内心极其羞愧。如果后背出汗很多，连衣服都湿透了，意味着他正十分惶恐。《后汉书》中有这样一段：“（曹）操后以事入见殿中，帝不胜其愤，因曰：‘君若能相辅，则厚；不尔，幸垂思相捨。’操失色，俯仰求出。旧仪，三公领兵相见，令虎贲执刀挟之。操出，顾左右，汗流浃背，自后不敢复朝请。”“汗流浃背”的成语就是这样来的。不过，曹操那时流的是冷汗。

不只是人流汗，竹子也流汗。古人为了在竹简上写字，先将它放在火上炙烤，让它冒出汗（竹油）来，既易于书写，又可免虫蛀，这就叫做“杀青”或“汗青”。“汗简功深岁月修”，是很有些沧桑感的。曾经流过汗的竹简上，蕴含着古人对天地宇宙的关注和感受，对人生基本生存意义德才苦苦寻求，那就不止是汗水，还有泪水和血迹。

此刻想起来，那种酣畅淋漓地流汗的岁月，似乎已离得很远。诗人们把目光瞄准了衣香鬓影、杯觥交错，哪儿还有激情去歌颂流淌的汗水？空调机总是不失时机地送来凉风。今年遇到了半个多世纪来罕见的高温，气象台毫不忌讳地报告最高温度达到了摄氏 40 度，也没有人说彻夜难眠。马路边铺满竹榻躺椅，家家露天而卧的情景不复存在。既然认识到了温室效应是地球气候恶作剧的缘由，我们就不会傻乎乎地由其任性狂乱。人类也许会破坏生态，但更有办法为自己营造舒适的生活环境。不过，由此而来的一个问题是汗腺退化，乃至不能不借助于桑拿浴室的蒸气，让自己痛痛快快地流一身汗，把蓄积已久的污垢和烦闷带走。原来，我们什么都能人工制造，包括汗。

据说有一位部队高级干部，威仪非凡。即使在赤日炎炎的大伏天也穿戴得十分规整，连风纪扣也绝不松开。奇怪的是无论去野外视察军事训练，还是在上千人的大会上作报告，一连数小时不会汗湿衣衫。处理完公务坐下歇息时，汗水才像雨水似地倾泻而下。有人问他有何奥秘，他纵声大笑："嘀嘀，要是连汗水都管不住，人还有什么用呢?"

他让我顿悟，人的精神是足以统率一切的。

脚　步

JIAO　BU

广场，形与神的叩访

每一片广场都有个性语言，犹如它所在的城市。

广场的存在其实是先于城市的。草莱初开的人们在这里聚散、汲饮、交易、祭祀，寻求最原始的生存状态，无数双赤脚来来往往，便踩出了一片空地。当人们依照自己的意愿将它拓展或限定，传播风俗，确立标志，并将它作为政治、经济和文化的集结点时，广场就开始形成独特的形与神。

叩访一片广场，好像叩访一位饱经风霜的老人。

那天，当我站在柏林的纪念教堂广场，默默打量眼前的奇特景象，心里就这么想。你看，那幢被炸毁了的威廉一世纪念教堂塔楼与二十层的充满现代气息的欧洲中心大厦，在蓝天下并肩而立。一边是疮痍依旧，一边是新貌焕然，两者形成了鲜明的反差。德国人正是这样将二战的遗迹保留着，根本没有维修或拆除的打算。任何一个人来到广场，只要抬起头，看见如此不寻常的建筑，便从心底里发出一声惊叹。柏林人或许是司空见惯了，在遮阳伞下呷着啤酒的人们个个神色闲定。两个街头艺人弹奏着乐器，任飞鸽轻盈地在脚边起落。喷泉沙沙洒落银珠，水池边的巨石上居然还镌着一个汉字“春”。

是的，柏林是杂色的、融会的，也是坦然的。这个颇具浮士德神采的城市不需要有什么忌讳。

如果说帝国广场显示着雍容的皇家气派，波茨坦广场则是新柏林的象征。原本这里只是一片将东德和西德分隔开来的荒地，涂饰着政治漫画的柏林墙边杂草丛生，随着两德合并，迅速建成了一片新城。美籍德国人设计的那座带有大型篷顶的索尼中心大厦，是耸立于广场的标志性建筑。与之媲美的有卓尔不凡的奔驰汽车大厦。而由法国人、美国人、西班牙人、日本人设计的高层写字楼，集办公、住宅、购物、体育、休闲于一体，则尽情勾画了21世纪的欧洲城市形象。

有人把德国比喻为“欧洲的不死鸟”，真的是很形象。严谨与开放，铁血与温情，古老与现代，苦难与光荣……在柏林的广场上组合得如此自然，如此耐人寻味。它参加了欧洲所有可以称道的文化创造活动，也参加了欧洲历史上所有大规模的战争。它曾经给人们造成了难以愈合的创伤，可是也给全世界带来了智慧和福音。它是玩火者，烧毁了别人的容颜，也把自己的羽毛焚烧殆尽。可是一旦从灾难中脱离出来，它又很快变得翅满羽丰。从康德到马克思，从贝多芬到施特劳斯，从弗洛伊德到韦伯……这些名字无不令我们敬仰。柏林的广场不正是由于他们的脚步才散发出奇异的光彩？

巴黎的广场，则是另一番风情，它往往是无比浪漫而充满了艺术气息的。这不仅仅因为随处可见精美的雕塑和时髦的女郎，也不仅仅总是有无数游客出入博物馆、艺术馆。只要扳着手指数一数，巴士底广场、旺多姆广场、沙特莱广场、孚日广场、绿色风流广场……就足够耐人寻味了。协和广场是其中的代表，在法国大革命时，它曾经架设过断头台，包括国王路易十六在内的许多大人物在利刃下头颅落地。但今天这里却四处布满了豪华富丽的装饰灯，谁也不愿不去见识一番。那座名声很大的埃及方尖碑，是以埃及女皇的名字命名的，该是整个巴黎历史最悠久的文物，已经有了3200岁。它象征着两种完全不同的文化和谐交融，也体现了“欧洲首都”厚实的底蕴。不远处，以人体雕塑象征着河流的金碧辉煌的喷泉，舒缓而又优雅。世界上还有哪个广场会如此时刻散发出奇妙的犹如幻境一般的气氛呢？

放眼看去，沧桑百年的埃菲尔铁塔耸入云霄，凯旋门便显得有些矮小了。香榭丽舍，这条世界著名的步行街，汽车排成了长龙，假如在夜晚，辉煌的灯河愈加流淌不息。它每天大肆张扬着奢华，对于任何一个离不了人间烟火的人，都极有诱惑力。我不知道是哪位翻译家把街名译得如此富有诗意，简直让人忘记了它的经济铁律。

站在蒙马特高地俯瞰全城，只见密密层层的楼群在阳光下呈现灰白色。巴黎可以说是寸土寸金，拥挤得令人惊讶，但拥挤却总是和繁华联在一起。一百多年来它经历了大大小小的拆建，城市规模不断扩大，早已不是早先从西岱岛和圣罗易岛起家时的概念了。然而人们始终竭尽全力地保护19世纪的古都风貌。他们正是以此向全世界炫耀，也真正吸引了全世界。

这样，留出了大片空间的广场就愈加引人瞩目。

那天，我叩访了几个广场以后，走进了一个不太引人注目的小广场，一座白色的神龛式建筑位于中央。它的底部为正方形，每边都有一个拱门，围绕顶部的三角形楣饰有一圈带装饰的中楣。银色的泉水哗哗地从拱门中流出，澄净，轻快，优雅——这就是无垢之泉。

这座今天看来貌不惊人的建筑，却是法兰西文艺复兴时期的杰作。让·古戎创作的装饰泉坛的浅浮雕，展现了山林仙女的罗神、人身鱼尾的海神，以及象征海洋的波涛。线条精细，形象栩栩如生。从中世纪晚期起，几位教皇的墓曾经在这个广场上。后来墓地被迁移，广场被平整，人们在无垢之泉的侧面增设了四个喷泉，四周绿树成荫，房屋鳞次栉比，使它愈加富有生气。此刻，肤色各异的摊贩在广场上摆出了林林总总的商品，几乎都是食品，德国的软糖、意大利的披萨、土耳其的馅饼和西班牙的熏肉，应有尽有。浓烈的香气随风四处弥漫，让人忍不住咽口水。

原来，无垢之泉是一个十分平民化的区域，很难与圣路易岛那样高贵的居住区相比较。但它所处的阿莱地区，历来被称为是巴黎最富生气的地方。法国作家左拉当年曾十分形象地把它比喻为“巴黎的下肚皮”。这里一直是巴黎的小麦交易市场，后来才逐渐衍变成商业中心。

当越来越多的以钢铁、玻璃和铝合金组成的建筑出现在阿莱地区时，无垢之泉却依然故我，丝毫也不愿改变自己，尽管已经颇感寂寞。我走近清洌的泉水，思忖着“无垢”两字。无垢，一个普通而诗意的词，中文的翻译十分简洁，又十分传神。生活在五光十色、熙熙攘攘的世界上，谁都想要达到无垢的境界。宗教信仰，时刻引导人们进入圣洁无邪的天堂，然而真要实现无垢，又谈何容易？

我沿着莫斯科河走不多远，来到了红场。

莫斯科的夏季与众不同，这里每晚几乎都是白夜，光线足够供人在室外看书，即使在深夜也并非漆黑一团。但是按照当地人的习惯，还有四个小时广场西边的大商场才能开门，四周便显得异常安静。扑面而来的风很凉爽，似乎带着桦树林的清香，令人心旷神怡。几个碧眼金发的西欧旅游者和我一样，以探究的目光打量着这片到处布满巴洛克式建筑，充溢着宗教气息的广场。

此刻，不论是安装有大钟的斯巴斯克塔楼，刚刚复建的基督救世大教堂，包围着克里姆林宫的暗红色高墙，还是端庄的历史博物馆和建于16世纪的古断头台，都笼罩在夏日的晨曦中，不能不使人感受到它的神圣和庄严。

广场全然不如想象的那么大，但它终究是俄罗斯政治、经济和文化的中心。铺设的石块街面，书写着这个城市数百年迅速崛起的历史。四周各种功能的建筑比肩而立，则标志着它的今天。俄罗斯这个伟大的民族，有着深厚的令世人瞩目的历史文化。由于它地处欧亚大陆之间，一直面临着东西方文化矛盾的碰撞。而社会构成上的差异，又使发达富裕的上层人物与愚昧贫穷的下层百姓之间，形成了另一种矛盾碰撞。这一东一西一上一下两对矛盾，构成了俄罗斯文化的十字架和命运之路的路标。近些年来，俄罗斯的社会生活更是发生了极大的动荡和变化。有人说，这种变化太离奇，太玄乎，太光怪陆离，简直让人难以对她进行任何预测，因此也就格外耐人寻味。

抬头看去，建于伊凡四世时期的华西里·伯拉仁内大教堂，耸立起九个形态多变、色彩富丽的圆尖顶，犹如一群兴高采烈的俄罗斯人在广场南端翩翩起舞。在它西侧的克里姆林宫的圆顶上，正飘扬着白蓝红三色国旗。这是从沙皇时代的红白蓝三色国旗演变而来的，而尖顶上新近安装的双头鹰国徽，同样也是沙皇时代的遗物。不管是什么国籍的游客进入克里姆林宫，既可以参观沙皇当年精美绝伦的收藏品，也可以看到今天俄罗斯总统的办公大楼。

显然，这一切都不是苏联文学作品所给我的印象了。

在红场北出口处的地面上，人们铺设了一个零公里纪念铜牌。这是一种象征性的里程标志，但是很好玩，每天都有许多人站在正中的圆圈里，闭拢眼睛往身后丢戈比，看它落在东南西北哪个方位，预测将来可以去哪里旅行，甚至去哪里生活。我想，这看似游戏，其实也从一个侧面说明了红场在俄罗斯至高无上的地位。

不知什么时候开始，红场上排起了长长的队伍，大多是欧洲人和来自韩国、中国的游客，也有许多从俄罗斯各地赶来的普通老百姓。他们前来瞻仰列宁的遗容。尽管已经很久没有排队了，我也挤进了足有上千人组成的队伍。然后循着石阶一步步往下走，在恒温的以黑色大理石砌成的墓室里，见到了这位伟大的马克思、恩格斯学说和事业的继承者、苏联共产党和苏维埃国家的缔造者。

灯光微暗而柔和地映照着他。他一手平摊，一手握拳，静静地仰卧在水晶棺罩中，神色十分安详。如果不是脸上略呈腊质感，简直让人觉得他是在宁静地呼吸，随时都可能站起身来，挥舞手臂，以特有的鼓动力向我们发表演说。

我不由得想起了特里尔，德国边境的一个小城。它给人的印象是凝重而欢快、纯朴而优雅。站在广场上可以看到一座苍颜斑驳的古城门，分了几层，每层都布满窗孔，仿佛是罗马大斗兽场的一角，通体呈现深沉的灰黑色。从正面观察，它又是一幢四层楼的古建筑，犹如一位饱经风霜的老人，默默地流露着睿智的目光。从 12 世纪到 16 世纪，特里尔一直是罗马皇家选侯的驻地，有好几位罗马皇帝将宅邸建造在这里，古城内的罗马建筑遗址上甚至镌刻着这样一句警言："特里尔比罗马早 1300 年屹立于世！"

那座位于布吕肯街 10 号的巴洛克式建筑，就是马克思故居。1818 年 5 月 5 日，一代伟人诞生于此。这里有马克思童年的欢愉、浓厚的父母亲情，有他儿童时代生活的富足、与少女燕妮青梅竹马的爱情，也有他成年以后对人类终极关怀的思考和论述。如今，这里成了一座吸引全世界游人参观的纪念馆，陈列着他令人敬仰的著述，和介绍他生平事迹的文字图片，一切都是那样的朴实无华，似乎没有任何引人注目之处。有一份褪色的欠账单告诉我们，马克思曾经因为买不起面包而向别人赊欠，他晚年生活的窘迫与无奈，已经不难想象。

马克思是一位旷世伟人，也是一个具有喜怒哀乐、七情六欲的普通人。在不得不为面包操心的同时，他以全副身心缔造崇高的信念、灿烂的理想，为全世界无产者描画出了无限辉煌的未来图卷。马克思对于全世界的影响是尽人皆知的。我想，他至少让人明白，“信仰”两字究竟有着怎样巨大的力量……

从马克思主义、列宁主义到毛泽东思想，国际共产主义运动经历了一百多年风雨交加的历程，这犹如用小石块铺就的红场，从来没有平坦过，但也从来没有停歇过。只要看看肤色各异的排着队前来瞻仰列宁遗容的人们，就完全可以理解，先驱者的理论对于我们的今天仍然有着何等深远的影响。

列宁墓的一旁，还有前苏联其他领导人包括斯大林、捷尔任斯基、伏罗希洛夫、加米涅夫、勃列日涅夫等等的墓地。但是在列宁的遗容前，他们那些石雕的胸像就不太起眼了。倒是墓地上埋葬着的为原子能试验和探索太空奥秘而贡献毕生精力的前苏联科学家，让人肃然起敬。

红场上吹拂的风是深沉的。

我来到了北京的天安门广场。仰望着庄严雄伟的城楼，注视着长安街上不息的车流，我明白，自己已无法用语言将这片广场的形和神描绘。有史以来它的宏阔、壮美、神圣，政治风范与人性化建筑的和谐结合，是世界上任何一片广场所难以比拟的。

上海的人民广场，恰如它的名字，更多一些对老百姓的关切。大剧院、博物馆、城市建设陈列馆，以及构成优雅环境的绿地鲜花、喷泉雕塑，熙熙攘攘的人群，展示着这个国际大都市的文化内涵。如果说外滩的楼宇印着殖民主义的痕迹，这些崭新的建筑却充分显示了上海今天的海纳百川、光照寰宇。

香港的中环广场，无疑是港岛的心脏，这里聚集着数百家银行的总部和它们的分行、办事处。有利银行、渣打银行、印度商业银行、阿格拉联合银行以及汇丰银行，几乎都集中在一起，构成了引人瞩目的金融区。耸入云霄的中国银行大厦和汇丰银行大厦，不仅仅是远东金融中心的标志，也是现代建筑艺术的展示。

清晨，当阳光从楼群中照射在海面上时，我来到中环，观看庄严的升旗仪式。会展中心的广场上，一辆警车于八时准点驶来，跨出五位身穿制服的警员，排成一列纵队，步伐整齐，神情庄重地走向高高耸立的旗杆。在无数行人的注目礼中，他们将五星红旗和紫荆花旗徐徐升起。百年回归，这看似寻常的仪式便具有了特殊的意义。我只觉得心中有一股暖融融的气息悄然漾开……

不过，此刻我还是想说说布达拉宫广场，那座世界上海拔最高的广场。任何一个试图描绘广场的形与神的人，如果不能亲近布达拉宫广场，他心里的缺憾必然是说不清的。

布达拉宫分为白宫和红宫。赭红色的白玛草墙点缀其间，最高处的日光殿，终年阳光朗照。我们忍着难忍的高原反应，在宫殿里转了半天，直至登上金顶，才豁然开朗。

绕城而过的拉萨河，在太阳下泛起粼粼波光。楼宇、寺庙、民居、街巷、绿树错落有致，笼罩着静静的银灰色——那是四处缭绕的香烟。拉萨不像别的都市那样高楼林立，以诡谲的色彩争艳斗奇，也没有那种毫无节制的膨胀和喧嚣，它自是古朴而悠远。现代气息的揳入，无法改变它固有的风格，便只能与之和谐地映衬。在用上好的花岗岩构成的平坦地坪四周，是大片大片的绿色，耐寒的本特草、笔直的云杉和翠绿的冬青树，蓄满了高原阳光，与广场相得益彰。广场连同人口处的青果嘎林白塔，与红山上的宫墙浑然一体。

站在宝幢边，眼前一片金碧辉煌。戗脊套兽、宝幢、宝瓶和人身羽翅的共命鸟，铜身鎏金，雄浑而又精美，映射着灿烂的阳光。置身其间，心摆脱了尘俗的羁束，变得像碧空一样澄澈。

我在拉萨结识了一位文化界的朋友。他说一口流利的汉语，写一手漂亮的汉字，更有藏族古建筑维修的技术专长，布达拉宫广场的配套建筑就是他设计的。他说，他的父亲是农奴，始终生活在偏僻的山沟里，把来拉萨看看布达拉宫和大昭寺，在佛像前点燃一盏酥油灯，作为最大的愿望，可是直到离开人世，都未能如愿。

布达拉宫广场的维修很值得一提。按照一般规律，维修所用的建筑材料总是越来越少，可是这里却不同，常常会多出来——许多藏民主动捐款捐物，为维修工程出力。一位家住四川阿坝州的藏族同胞悄悄前来观察了几次，终于决定把家里收藏的一批珍贵文物全部捐献给了布达拉宫，总价值达 1 亿多元。这在中国文物界传为佳话。

拉萨的旧貌新颜，无疑是中国城市变迁的典范。没有哪一片广场能像布达拉宫广场这样，由建造在玛布日山上的巍峨宫殿作背景，大气磅礴，显示诱人的神采。也没有哪一片广场能像它这样，在极短的时间内经历了从农奴制到社会主义制度的巨变，被誉为圣地而人心向往……

形神兼备，世界上哪一片广场能与之媲美？

海风吹拂诺曼底

1944年6月6日，盟军在法国诺曼底发动了对德国法西斯的大规模战略反攻，上千艘登陆艇在晨曦中向奥马哈海滩挺进。诺曼底登陆战役是第二次世界大战中具有转折意义的一战，是20世纪最恢宏惨烈的登陆战役。

诺曼底是法国西北部地区的总称，因此地多诺曼底人而得名。它北临英吉利海峡，与英伦三岛隔海相望，西部是布列塔尼半岛。平缓的海岸线像只弯弯的臂膀拥抱着湛蓝色的英吉利海峡，又像一条没有拉紧的栅栏掩映着法国的腹地。

汽车行驶在巴黎至诺曼底的高速公路上，我的脑子里还在闪回电影《拯救大兵瑞恩》中，奥马哈海滩那悲壮惨烈的战争场面。从车窗向外望去，但见一马平川的原野景色如画。略呈起伏的草地上悠闲的奶牛，修剪得十分整齐的苹果园和葡萄园，还有那点缀其间的房屋，在秋日的阳光中显得分外宁静。远远看去，蔚蓝色的澄净天空中有一缕垂直的白云，与地面相接。走近了，才知道是哪家工厂烟囱里升起的白烟。宽旷的田野间一个个草垛堆积得方方正正，这或许是牲畜过冬的饲料。据说，这里盛产的卡曼贝尔奶酪，在法国很有名气。而像香槟一样富含二氧化碳的苹果酒,比葡萄酒还要受人欢迎。

不经意间,我们来到了鲁昂。这个名声很大的港口城市,曾经是诺曼底公国都城和诺曼底省城,因为近海而商业繁盛。塞纳河从巴黎一路迤逦而至,穿越城区,又向前流淌。河两岸的建筑,无不呈现出浓郁的罗马式和巴洛克式风格,秀丽而典雅。市中心马路的一侧,是圣女贞德塔和美术馆。穿过一个悬挂着金黄色大钟的拱门,有一条饭店和时装店林立的大钟路,人们称之为步行者的天堂,在这里可以买到比巴黎价格便宜却同样时髦的衣物。空气中弥散着的咖啡和面包的香气,与轻柔的音乐一起在身边环绕。看得出,无论是从外地来旅游的还是手提购物袋的,人们的神态都十分宁静,安闲地享受着生活赋予的一切。一座在欧洲数得上的圣母院,就筑在大钟路的尽头。当年,莫奈曾经将它画成一栋会随着光线移动而改变的建筑,让人看起来白天雄伟挺拔,夜晚则纤细娇小。我注视着高耸入云的塔顶,它华贵、轻巧而又明朗,那些雕刻装饰精细得令人赞叹。二战时它曾被炮火炸毁,修复工作至今仍

鲁昂的旧市政广场

在进行。一对新婚的年轻人脸上洋溢无限的幸福感，正在以教堂为背景，拍摄结婚照。身边，一辆古旧的老爷车缀满了鲜花，倒是别有情致。

此情此景，让人想起了法国的一句俗话："玩在巴黎，住在鲁昂。"确实，鲁昂给我的感觉远远比雍容华贵、纸醉金迷的巴黎来得素朴娴静，而且富有人情味。你看，位于圣欧安教堂一侧的市政广场上，人们正在举行慈善募捐活动。一群天真烂漫的女孩子在临时搭起的舞台上，跳着节奏明快的舞蹈。广场中央放着一大堆各式各样的鞋子。犹如一座小山丘。看得出，那是孩子们捐赠给阿富汗难民的。不远处的旧市政广场，曾经是圣女贞德被处以火刑的地方，但是如今即使刻意寻访，也很难见到历史的遗痕了。三三两两的人们坐在室外的咖啡厅内，轻声地闲聊。也许是周末，菜场上的人们到了钟点就早早收拾了摊位准备回家去，保障休息的权利无疑比赚钱更重要。

我却被摊位上散发的鱼虾鲜腥，勾起对海的向往了。

明天，这里将举行一次规模很大的马拉松比赛。各地运动员已纷纷云集鲁昂。我们不能在此作太多的逗留，便去了勒阿弗尔。当汽车驶近镇郊，看见一片湛蓝的海面时，我不由为之惊讶：这果然就是大西洋？它贴近英吉利海峡，海湾缥缈无际，什么也看不见，但书本告诉我，它的对岸就是英国了。

勒阿弗尔是一个二战后重建的小城。正是如此，它颇具现代气息，却并不喧闹。四处绿荫笼罩，街道和房屋给人清丽明朗的感觉。即使是一座普通的小楼，主人也会在一长排窗口挂上草篮，草篮里是一盆盆火红耀眼的鲜花，隔着老远就能看见。走在铺满了石子的海滨，一会儿就可以到达山丘似的要塞。迎着略带潮润的海风，从要塞放眼望去，小镇的景色一览无余。港口那边，无数银白色的船只耸立着桅杆，静静地

勒阿弗尔的酿酒博物馆

停泊在滩头。海滨和港口的分界处，筑有防浪堤。它力图阻挡海浪的涌动，更多的海浪却挟带着巨大的力量汹涌而至，于是浪涛像一朵朵巨大的白莲花轰然绽开。如果是夏天，这里会有很多年轻人成群结队欢呼着，勇敢地冲向奔涌而来的海浪，考验自己的斗志。眼下已是秋季，大西洋的风带着寒意，只有几个健壮的小伙子驾驶帆板，浑身湿淋淋地冲向海浪。这给安静的海滨增添了活力。

海岸附近，有一座漂亮的现代建筑，当地人说是安德烈·马尔罗美术馆，里面藏有许多印象派画家的作品，自然也包括莫奈的。但由于时间晚了，美术馆已经关闭，我们无法进去参观，于是继续前往另一个小镇。夕阳已经坠入海底，天色渐渐暗淡，汽车行驶在平整的公路上，两旁绿野围拥，农舍错落，时而可见花白奶牛。走了好一会，似乎觉得心里有些不踏实，便停车向人问路。尽管语言不通，靠着手势费力地交流，可是他们热情的神态已经让人消除了焦虑。

夜色迷蒙中，终于来到了小镇费康。镇区面积真的很小，看来原本是从一个港湾渔村发展而成的。绿意盎然的山岭上矗立着一个古堡，远远看去，仿佛电影中描绘的某个场景。晚上，将近十点钟的时候，我

费康的港湾

们走进了一家暖融融的酒馆，要了一瓶葡萄酒，与满屋子的当地人一起品尝海鲜。看见我们这些黑头发、黄皮肤的中国人，侍者分外热情。鱼是佐以奶油的，让我这个吃惯了阳澄湖水产的异乡人觉得口味怪怪的，那仿佛是带血的生牡蛎和叫不上名字的大虾，却是非常鲜美。记得在莫泊桑的小说里对它有过与人物命运相连的描述。酒馆的生意太好了，有些人宁肯在门口的寒风里等候，也不愿离去。窗外就是海湾，停泊着无数机动渔船。假如在白天，看一艘又一艘船儿迎着汹涌的浪涛，向着缥缈无垠的远方驶去，及至渐渐消失，肯定会让人感到别有一番意味。

第二天早晨，我们在海边流连了一番，随即离开费康，驱车去了十几公里外的埃特尔地。与费康一样，这个小镇位于大西洋塞纳湾——

塞纳河正是在这里入海的。由于海滨几座含有石灰质的山崖在漫漫岁月中被大西洋的风浪冲蚀而断裂,形成了独特的地貌风景,吸引着世界各地的人们都前来旅游。诺曼底的旅游地图上印着它的照片,有几张是从飞机上拍摄的,很有艺术情趣。

与海岸若即若离的断崖高达100多米,如象鼻,似怪兽,或断或连,气势不凡。山崖下则是美丽如玉的沙滩。如果是在炎热的夏天,这里一定会出现许许多多晒日光浴的人们,现在却连摩托艇都很少见了。我们一口气爬上了断崖的峰顶,放眼望去,碧如琼浆的大西洋,巨幅绸缎一般闪烁着动人的波光。点点风帆在遥远的蓝色波涛间忽隐忽现,海鸟却稳稳地站在岩石上,见了人也不躲闪。

当年,莫奈也曾情不自禁地为这独特的风景画下了一幅幅作品。但我感兴趣的是这样一张描绘小镇昔日情景的图片:断崖下,以兽皮和树叶遮体的人们,从独木舟上抬来刚刚捕获的鱼儿,走向一旁的草棚。今天的断崖与数千年以前毫无二致,仍然保持着固有的姿态,小镇的风貌却完全不同了。在照相机的取景框里,那古典风格与现代气息自然融合的镇区,呈现着勃勃生机。平缓的山坡,被人们巧妙利用,修筑了一个绿草茸茸的高尔夫球场。球手们使劲挥舞球杆,让白色的小球划出优美的弧线,在海风的吹拂中尽情享受着运动的乐趣。

哦,这就叫沧海桑田。

是的,诺曼底的海风依然温柔地吹拂着岸边的树林,诺曼底却早已不是战争的代名词,也不是巾帼英烈的泪洒之地。人们终究依照自己的意愿,让宁静的海湾成为安居乐业的所在,尽管经历了一个极其艰难又极其漫长的过程。诚如法国巨人罗梭所说:“关于人的一个主要原理是:自然曾使人幸福而善良,但社会使人堕落而悲苦”……

不息的莫斯科河

一

挂着三色旗的轮船划开宁静的水面，驶进了莫斯科河。

坐在溯流而上的船舱里放眼望去，两岸几乎全都是巴洛克式和哥特式建筑。高耸入云的尖顶，像大洋葱似的圆顶，古罗马风格的雕塑，以及色彩各异的墙体亭柱，在绿树掩映中，构成了琳琅满目的水上建筑博物馆。一些国家机关的办公大楼楼顶，原先是镌有镰刀斧头图案的，现在都换成了双头鹰国徽。克里姆林宫长长的外墙搭起了脚手架，许多工人正在将驳落的墙面修缮，镶嵌白色的线条，工程做得很细致。但在视野中，间或也可见色彩灰暗、造型呆板的近代楼阁，显得颇不协调。阿廖沙告诉我说，你只要从房屋的建筑风格，就可以清楚地看出，沙俄时代、赫鲁晓夫时代、勃列日涅夫时代和叶利钦时代有什么差别。

源自伏尔加河的这条河流，弯弯曲曲地穿城而过，将莫斯科所有的景色都倒影在河中。如果说上游还清澈如镜（我甚至看见了几只在河面上游弋的野鸭），到了下游却被污染得令人皱眉头了。但值得骄傲的是这里拥有大片大片的森林，给城市提供清新的空气和绿色的景观。今天的新莫斯科人——那些在改革中涌现出来的新贵族，不仅潇洒地驾驶德国或日本进口轿车，还纷纷在郊外的森林里建造别墅，充分享受大自然的恩泽。

轮船愈向前行驶，河面愈显得开阔，绿荫也愈加浓郁。悠闲的人们相互依偎着，在河边散步，给风景增添了诗意。树丛中闪现出游乐场飞旋的转盘和高高的滑水梯道。孩子们的欢声笑语不时被惊险的跌宕所激起。不过，最让我感兴趣的还是科学院楼顶上造型奇特的太阳能接收器，和公开展览的外观颇有些笨拙的登月飞船。这毕竟能体现出一个国家的实力。

我与阿廖沙无意中谈及俄罗斯人的生活状况。没想到，他和我表示出同样的困惑。从表面上看，人们的工资收入并不高，每月只有一二千卢布，折合人民币才六七百元，商店和菜场的物价却不低，一把折叠伞标价为五百卢布，一公斤西红柿是十二卢布。彩电和冰箱的价格也比中国高得多。可是几乎家家户户都有小汽车。胜利广场边的宽阔大道上，整天车流如潮。除了本地产的伏尔加和拉达，更有宝马、本田、奔驰、凯迪拉克等外国名车。我注意看了加油站的价格，油价与中国相差无几。那么，他们究竟依靠什么途径维持高水准的消费呢？

阿廖沙说："大概……都有第二职业吧？这里的贫富差异在拉大，很多人非常有钱。"

其实连他自己都不满意这样的回答。

他是大学的青年教师，也经常利用假期在外面打工，以增加收入。尽管如此，他家里的住房却只有五十平方米，身上穿的衣服也很普通。他觉得，俄罗斯现在实行的改革政策，让一部分人迅速富裕了起来，但给另一部分人增加了困难。比如说，靠每月二百多卢布退休金过日子，显然是捉襟见肘的。

前一天下午，在繁华的新阿尔巴特大街，阿廖沙领着我走进了莫斯科最大的书店，寻找几本早想购买的书。这家书店很有气派，架子上陈列的俄文书籍琳琅满目，尤其是文学名著和经典画家的画册，装帧印刷十分精美，吸引着很多人前去购买。这显示了俄罗斯人高雅的素养。与中国书店完全不同的是什么书都卖，包括美国 PlayBoy(《花花公子》)等以裸体女郎作封面的色情杂志，和诸如此类的录像带、VCD 碟片。这里没有“扫黄”一说，在海参崴的不少宾馆中还日夜进行脱衣舞表演，付了钱谁都可以去观看。

阿廖沙曾经在北京留学四年，不仅说一口流利的汉语，还很善于对中俄两国的异同作比较。突然，他让我注意身边的一幅招贴画。画面上是一个典型的集体农庄女工，将手指按在自己的嘴唇上，目光专注，神情异常严肃。这样子分明是在告诉人们，嘘，警惕偷听，千万不要乱说话！

原来，人人自危，到处充满红色恐怖，正是斯大林时代实行“大清洗”时人们最难忘的记忆。但六十多年以后的今天重印这幅宣传画，公开出售，却已经完全是一种黑色幽默。

我与阿廖沙不由会心地笑了。

俄罗斯这个伟大的民族，有着深厚的令世人瞩目的历史文化。由于它地处欧亚大陆之间，一直面临着东西方文化矛盾的碰撞。而社会构成上的差异，又使发达富裕的上层人物与愚昧贫穷的下层百姓之间，形成了另一种矛盾碰撞。这一东一西一上一下两对矛盾，构成了俄罗斯文化的十字架和命运之路的路标。近年来，俄罗斯的社会生活更是发生了极大的动荡和变化。有人说，这种变化太离奇，太玄乎，太光怪陆离，简直让人难以对她进行任何预测，因此也就格外耐人寻味。

我从远东的海参崴飞行九个多小时，来到向往已久的莫斯科，继而坐火车走了一趟圣彼得堡，复又返回莫斯科。短短八九天中，作了一次难忘的俄罗斯文化之旅。最难忘的，却是这条闪亮的莫斯科河。

不息流淌的莫斯科河，莫斯科的母亲河，娓娓诉说着昨天和今天。

二

清晨六点，我独自走出宾馆大楼，沿着莫斯科河走不多远，来到了红场。

天色早已亮了。诗人普希金认为俄罗斯的冬天才是真正意义上的冬天，夏天却没有什么特色。其实莫斯科的夏季也与众不同，这里每晚几乎都是白夜，光线足够供人在室外看书，即使在深夜也并非漆黑一团。但是按照当地人的习惯，还有四个小时广场西边的大商场才能开门，四周便显得异常安静。扑面而来的风很凉爽，似乎带着桦树林的清香，令人心旷神怡。路边没有拉着手风琴乞求施舍的男孩，也不见伸手向行人要卢布的吉卜赛流浪者，惟有几个碧眼金发的西欧旅游者像我一样，以探究的目光打量着这片到处布满巴洛克式建筑，充溢着宗教气息的广场。

此刻，不论是安装有大钟的斯巴斯克塔楼，刚刚复建的基督救世大教堂，包围着克里姆林宫的暗红色高墙，还是端庄的历史博物馆和建于16世纪的古断头台，都笼罩在夏日的晨曦中，一派金光灿烂。

广场并不大，但它终究是俄罗斯政治、经济和文化的中心。铺设的石块街面，书写着这个城市数百年迅速崛起的历史。四周各种功能的建筑比肩而立，则标志着它的今天。抬头看去，建于伊凡四世时期的华西里·伯拉仁内大教堂，耸立起九个形态多变、色彩富丽的圆尖顶，犹如一群兴高采烈的俄罗斯人在广场南端翩翩起舞。在它西侧的克里姆林宫的圆顶上,正飘扬着白蓝红三色国旗。这是从沙皇时代的红白蓝三色国旗演变而来的,而尖顶上新近安装的双头鹰国徽,同样也是沙皇时代的遗物。不管是什么国籍的游客进入克里姆林宫,既可以参观沙皇当年精美绝伦的收藏品,也可以看到今天俄罗斯总统的办公大楼。犹如人们每天早晨站在胜利大道边,可以看到普京那插着国旗的奔驰车在严格的警卫中飞速驶入市中心。

在红场北出口处的地面上,人们铺设了一个零公里纪念铜牌。这是一种象征性的里程标志,但是很好玩,每天都有许多人站在正中的圆圈里,闭拢眼睛往身后丢戈比,看它落在东南西北哪个方位,预测将来可以去哪里旅行,甚至去哪里生活。我想,这看似游戏,其实也从一个侧面说明了红场在俄罗斯至高无上的地位。

当太阳渐渐升起,各种肤色的游客大量增多时,历史博物馆的门口出现了一个身穿绣金道袍、头戴花帽、手执权杖的大胡子教士。谁都可以和他合影,不过得付卢布或者美元。我转过身,却又发现几个十分眼熟的人物,正站在路边向人们微笑。对了,他们是列宁、马克思等。矮个子的列宁走过来,从口袋里掏出一张照片递给我看。照片上,竟是他和毛泽东肩并肩的合影。

"你看,唐国强……和我拍的。好不好?"

我顿时明白了,这是他和扮演毛泽东的中国演员的合影。两个人的扮相都很好。我的背后是俄罗斯国家杜马的大楼(原为代议制机关,相当于议院的下院),如果付了卢布或美元,和这位扮演者在这样的背景下合影,不失为一件有趣的事情。但我犹豫了片刻,还是放弃了这个念头。

不知什么时候开始，红场上排起了长长的队伍，大都是欧洲人和来自韩国、中国的游客，也有许多从俄罗斯各地赶来的普通老百姓。他们前来瞻仰列宁的遗容。尽管已经很久没有排队了，我也挤进了足有上千人组成的队伍。但谁也没有想到，由于卫队用绳索临时封闭了通道，我们迟迟不能进入列宁墓。

整十点，才知道红场上来了贵宾——访问俄罗斯的吉尔吉斯坦总统，专程前来向无名烈士墓献花圈。在以军旗、钢盔和战袍组成的无名烈士墓前，始终燃烧着不灭的火焰。守卫在烈士墓旁的士兵，手持钢枪，纹丝不动，每隔一个小时以十分规范的动作换岗一次，吸引无数的人们投来崇敬的目光。当吉尔吉斯坦总统的车队驶入墓区时，仪仗队立即奏起响亮的国歌。可惜因为隔得很远，无法看清那隆重的场面。

记得在海参崴的港口边，也有一个无名烈士墓，那里埋葬的同样是在卫国战争中牺牲的红军战士。我去的那天正下着稠密的小雨，一对身穿结婚礼服的青年，特意驱车前来，恭恭敬敬地向墓碑献上一束鲜花。这情景虽然只有短短几分钟，却令我历久难忘。

阿廖沙告诉我，也许过不了多久，来到红场就无法见到列宁的遗容了。人们早就议论，不再在红墙边的墓室里保存列宁的遗体，而要把他埋葬在地下。因为这样做才符合列宁当年的遗愿。他生前曾说过，希望自己死后埋葬在故乡辛比尔斯克。另外，按照东正教的教规，人死了以后也必须埋葬在土地里，否则他的灵魂无法进入天堂，与上帝同在。

不管怎样，我终究循着石阶一步步往下走，在恒温的以黑色大理石砌成的墓室里，见到了这位伟大的马克思、恩格斯学说和事业的继承者、苏联共产党和苏维埃国家的缔造者。

灯光微暗而柔和地映照着他。他一手平摊，一手握拳，静静地仰卧在水晶棺罩中，神色十分安详。如果不是脸上略呈腊质感，简直让人觉得他是在宁静地呼吸，随时都可能站起身来，挥舞手臂，以特有的鼓动力向我们发表演说。

离开莫斯科后，我去了圣彼得堡。在纳黑摩夫海军学校的对面，那艘闻名于世的阿芙乐尔巡洋舰，至今还作为波罗的海海军的组成部分，完整地保存着，停泊在岸边。谁都知道，当年正是它发出的一声炮响，震动了沉睡的世界，送来了马列主义。现在，它每天仍接待许多游客前来参观，尽管与熙熙攘攘的冬宫相比，这里毕竟要冷清得多。

我在雨中游览了这艘为全世界无产者所崇敬的巡洋舰。抬起头，发现对面的一幢高楼上，悬挂着巨大的广告牌，煞是醒目。那却是一个动作夸张的意大利人正在推荐他们著名的马提尼酒……

三

我在著名的阿尔巴特大街上漫步，一心想挑选几件足可纪念的礼物，带回中国。这里到处是出售工艺品的摊点。亚麻绣品、银餐具、望远镜、紫金首饰以及桦木制成的玩具，充分显示着俄罗斯民族特色。如果舍得花钱，走进古玩店，说不准还能买到十七世纪制作的珍品呢。我打开一件木制套娃。最大的一个绘有俄罗斯总统普京的头像，下面依此套着叶利钦、戈尔巴乔夫、勃列日涅夫和赫鲁晓夫的头像。最小的一个却什么头像也没有画，画了一个金色的十字架。摊主说，这要十二个美元。

这儿的商店以卢布标价，却喜欢人们用美元来购买东西，当然使用德国马克也同样能得到优惠。也许是近年来中国人来得多了，运来了大量价廉物美的商品，进入俄罗斯市场，人民币渐渐受到欢迎。许多摊主还能用简单的汉语和游客讨价还价。

无意中，我被一群弹着吉他、唱着流行歌曲的年轻人吸引住了。他们站在街心，随心所欲地演唱着。一个长得很漂亮的女孩，笑嘻嘻地向行人伸出手中的木篮。你可以毫不动容地走开，也可以放入卢布和美元。虽然我无法听懂歌词内容，可是不难从充满活力的表情中感受到他们的心态。也许，这正是他们的一种生活方式吧？

列宁曾经说过，朝气蓬勃的青年人象征着祖国的未来。这位无产阶级革命家永远对苏维埃俄国的青年人满怀希望。然而他可知道，今天新一代的青年，正在发生着怎样的变化吗？

由于迷路，那天傍晚我独自一人，走进了一个灯光暗淡、空气混浊的地下通道。没想到通道中会是另一番天地，让我大感疑惑。但见出口处有不少男孩和女孩靠在水泥墙上，百无聊赖地怅望着天空。有的则相互搂在一起，边抽着香烟、喝着啤酒，边大声叫嚷。旁边还有不少链条锁着的宠物，这是用来出售的，还是用来作伴的？他们的服饰千奇百怪，有的袒胸露背，有的秃头文身，有的长发披肩，有的时髦新潮，差不多没有谁是相同的。我心里有点忐忑不安，但仍注意观察了一下，发现他们的眼睛里流露着挑逗和寻衅，说不定随时会来找你的麻烦。许多下班回家，不得不路过这儿的中年人，都脚步匆匆，眼不斜视，只怕惹毛了他们。

后来我才知道，这些年轻人是把地下通道作为自己的家的。他们在这半明半暗的世界里聚集，宣泄内心的情感，消磨可贵的青春年华。别看他们无所事事，或许随时都会有想象不到的事情发生。据说，青年人中还有一种名叫“朋克”的俱乐部，与西方社会的“朋克”一样，对现实生活充满了报复感。他们身穿肮脏的牛仔服，套着俄罗斯传统的高筒靴，用劣质发胶把头发弄成奇形怪状的样子，浑身是酒气、烟气和尿臊臭。相互见了面，往对方的脸上吐唾沫才是表示友好。

俄罗斯的中老年人却与之绝然不同。几乎从踏上这片土地起，我就发现，从商店营业员、宾馆服务员到马路清洁工，都是由身材并不苗条的中年妈妈担任的。甚至在飞机上也见不到“空姐”，来回奔忙的是满脸胡须的男子。我简直弄不懂，这里的年轻人到哪儿去了呢？难道他们都可以游手好闲，不必参加工作吗？新阿尔巴特大街上的豪华酒店、夜总会、赌场、餐厅和挺起大肚子的属于他们，无休无止的繁重体力劳动却应该属于他们的爸爸妈妈吗？

没有谁能解答我的疑惑。

但，显然是20世纪50年代中苏交往十分密切的缘故，至今俄罗斯人看到了黑头发黄皮肤的中国人，仍然格外热情。那天我们刚刚走出火车站，正在等候接站的汽车，一位素昧平生的中年男子匆匆走过来，主动与我们攀谈，说得十分动情。原来，当年他曾经和一个中国留学生一起，在西伯利亚的一所大学里读农林专业，两人结下了很深的友谊。可惜后来由于种种原因，失去了联系。他说，中国留学生读书很聪明，也很刻苦，他们的学习成绩总是最好的。

如果不是要赶去上班，他还想和我们攀谈下去。

犹如来到北京，最好的招待是观看京剧，在莫斯科，我们也被热情地邀请观看俄罗斯人的“国剧”——马戏。阿廖沙说，俄罗斯人都十分喜爱马戏，著名的丑角阿尔佩罗夫兄弟逝世后，人们为了永久纪念，还特意以他们的名字命名马戏场。

有着70多年历史的马戏场最近进行了维修，显得宽敞明亮，各种设施也很完备。我们进场时，围拥着圆形演出区的观众席早已坐满了。

人们举止文雅，穿戴得十分漂亮，仿佛过节似的。那些兴高采烈的孩子们，更是手里拿着变幻色彩的激光玩具，随着不断推向高潮的演出气氛，不停地挥舞。

精彩的节目一个连着一个。看得出，为了吸引观众，马戏团注意将杂技、艺术体操、马术融为一体，做到了艺术性、技巧性和幽默感的和谐结合。无论是高空钢丝的惊险，圆台杂耍的灵巧，空箱变人的迷幻，还是驯狗、驯象表演的奇妙，都能给人极大的刺激，令人耳目一新。最能让人叹为观止的，还得数驯熊。那些体形肥硕，看似笨拙的棕熊，居然可以被驯化得像人一般演奏乐器，骑自行车，甚至还骑着奔驰的摩托车，在圆形的表演场内潇洒地转圈，表现得异常聪明伶俐。观众们无不报以热烈的掌声。

熊，是俄罗斯最有代表性的动物。耍熊马戏作为创新节目，出现的时间并不长，但由于具有独特的民族个性和丰富的文化内涵，在世界马戏舞台上独领风骚，赢得了很高的声誉。只要演员挥动鞭子，将驯服的棕熊摇摇摆摆地赶出来，观众们立即精神一振。位子坐得较远的，忙把望远镜拿起来，紧紧地瞄准了它们。

小丑作为整场马戏节目中不可缺少的角色，不像滑稽演员那样插科打诨，可是以幽默和夸张的哑剧动作调动观众的情绪，同样需要很高的表演技巧。一胖一瘦两位小丑不时出来串场，逗起一阵阵笑声。最发噱的，是向一位观众“借用”他的妻子做临时演员，随即从另外一位观众身上脱下衣服，裹住了他的脑袋，不准他偷看。小丑要求女士与他一起表演久别重逢时的情景。女士丝毫也不忸怩，伸出双臂，远远地向他扑了过来。小丑让她连续表演了两遍，先是极其夸张地发出接吻的声响，接着竟把女士抗在了肩上，像抢新娘似地直往后台奔去。

观众席里顿时爆发出难以抑制的笑声。

我想，这节目看似逗乐，其实从中也不难看出俄罗斯民族热情奔放、直爽开朗的性格。有了盐和面包，更要让生活充满欢笑。不是吗，他们不仅以《莫斯科郊外的晚上》和《红莓花儿开》描述经典的爱情，连卫国战争中所使用的大炮，也以“喀秋莎”这样柔美的名字来命名……

四

如果说有着1000万人口的莫斯科是名正言顺的首都，是俄罗斯政治、经济、文化的中心，紧靠波罗的海的圣彼得堡，则被比喻成俄罗斯的雅典市，它是俄罗斯精神文化的首都。

作为一个初次来到俄罗斯的外国人，走在这两座世界名城的街头，印象最深的，怕还是辉煌的18世纪留下的一切。那些风格独特的宗教建筑，那些气势不凡的青铜雕塑，那些在广场上高高耸立的纪念碑，那些修筑着精美铁栏杆的河道，构成了典雅的四处弥漫艺术气息的氛围。谁都无法否认，一个民族厚实的文化积淀，既包括创始人大胆的开拓，也应该有后人持之以恒的发展与保护。无疑，这需要漫长的过程。

我在涅瓦河畔的参政院广场，欣赏彼得一世的铜像。远远看去，骑在马上的彼得一世身披战袍，伸出右手，眼睛注视着远方，神态庄严而又豪迈。胯下的马儿在悬崖绝壁扬起前蹄，正仰天长啸。这座坐落在一块巨大的花岗岩上，被称为“青铜骑士”的雕像，创作于公元1770年前后，至今已有200多年历史了，看起来却风采依然，给人以极大的艺术感染。他既不模仿古希腊、古罗马的风格，也不依照文艺复兴时期的范例，创造了独特的艺术精神，堪称18世纪雕塑艺术的顶峰。据说这块岩石重达1600吨，花费了两年时间才从芬兰湾边上运过来。

在青铜骑士像下，恰好又遇到了一对新婚夫妇。披着婚纱、喜气洋溢的新娘手里捧着一束鲜花，由新郎搀扶着，一步步走向雕像，将鲜花献给了彼得大帝。我默默地注视着动人的一幕，心里暗忖，这俄罗斯的民间习俗，也是由来已久了吧？

是的，彼得大帝曾为莫斯科和圣彼得堡这两个算不上古老的城市，画上最浓重的色彩。他在位时，以钢铁般的意志和极大的热情颁布了3000多条法令，其中不少法令由他亲自起草。他通过打败瑞典，获取波罗的海沿岸地区，实现了“面向西方的窗户”的目标。尽管遭到了很多人的激烈反对，还是坚持在圣彼得堡建立了新的首都，使它成为新俄罗斯的象征。他不仅带头去西欧旅行考察先进的制度和方法，还派遣无数的青年人到国外去学习，并且办起了许多足以造就各类人才的学校。甚至甘愿去往英国和荷兰的造船厂像苦力似的打工，从基层了解他认为对自己的国家有用的东西。

叶卡捷琳娜不仅继承了彼得大帝之位，也发展了他极有创意的事业。这位女皇常常以一个开明的专制君主而自豪，她崇尚知识，喜欢启蒙哲学，对希腊和罗马文化有极大的兴趣，积极地赞助文学、艺术、戏剧和报刊事业，并且更快地推动俄罗斯的欧化进程。当时的许多宫廷贵族，在语言、服装、住宅和社会职责方面，都明显地模仿法国凡尔赛宫中的风格。

恩格斯曾将彼得大帝称为“真正的伟人”。确实，他和叶卡捷琳娜对于祖国历史的浓厚兴趣，和对俄罗斯欧化的刻意追求，给18世纪以后的俄罗斯带来了难以抗拒的影响。或许可以这样说，我们今天所见到的俄罗斯文化精粹，几乎全是彼得时代留下的。后人的创造也很精彩，也足可津津乐道，却没有超越他们那个时代。

这究竟该令人高兴，还是令人悲哀？

我有幸在展览馆和出版物上看到许多心仪已久的世界名画，以一饱眼福并不能说明欣赏过程的全部。达芬奇、罗柯托夫、鲁宾斯、雷姆卜兰特、西斯利、莫奈、马蒂斯……光是读读这一长串画家的名字，你就完全可以想象从15世纪到20世纪初的画坛上，升起过多少闪亮的星座，有着多少永恒的灿烂。

可不知怎么，我关心得更多的，还是生活在今天的艺术家。当商品经济的大潮以汹涌澎湃之势涌来时，俄罗斯的画家们，究竟是安坐在象牙塔里，潜心钻研色彩、线条和光的运用，还是耐不住冷板凳的寂寞，大胆地跳下商海去折腾一番？

紧靠莫斯科河，一座艺术展览馆的门口，有一长排露天画廊。设施极其简陋，仅仅是临时搭建的棚架而已。虽然莫斯科的夏天不是想象中的酷暑难当，可在大太阳下守着自己的作品，默默地等候买主，这滋味肯定不好受。几位不拘小节的画家，赤裸着上身，或者用刮刀和画笔在桦树皮上刻意涂抹，宣泄内心的情感；或者手里拿着酒瓶，仰起脖子往下灌。也有不少女画家，坐在小凳上，铺开画纸，平静地抽着烟，平静地思索。看见有人走过来，便站起身，主动介绍自己的作品。她们的作品每幅要价七十到八十美元——这里同样喜欢以美元为结算标准。

我浏览着露天画廊里的作品。这里是各种风格各种流派任意展示的地方。既有格调不高，迎合观众时尚的商品画，也有模仿外国名画家，稍作变动的作品，但其中确实也不乏显现画家艺术神采，表现创造精神的佳作。有一幅以白桦林为主题的作品，风格清新，充满了俄罗斯民族特色，看得出笔触间蕴含了画家对乡土的巨大热情，手法上也很有个人风格。我谛视良久，不由想起了19世纪活跃在俄国画坛上的巡回展览画派。这件作品无疑受到列维坦代表作《小白桦树林》的影响。

在无情的现实与高尚的艺术之间,难免会有鸿沟。不管是哪个国家的艺术家,在走向缪斯女神的殿堂时,假如时常要为自己和家人的生计而忧愁,他的步履必然是十分沉重的。但只要纯真的心不被世俗的污浊淹没,真正的艺术一定会在艰难的探索中诞生。

为我们开车的司机,与列宁同姓,也姓符拉基米尔。他大概有50多岁了,将一辆大巴士开得很平稳,一到目的地,就热情地帮大家拿行李。也许是语言阻隔的缘故,他沉默寡言,有什么事只是打个手势或者笑笑。那天,阿廖沙突然说,符拉基米尔特意从家里拿来了小小的礼物,想送给中国的朋友。愿意要的,可以自己来取。原来,汽车的挡风玻璃后,放着七八种成套的明信片。几乎全都是俄罗斯风光照片,印刷得十分精美,让人一看就爱不释手。

我挑选了一套“莫斯科风光”。

最迷人的一张,是莫斯科河上拍摄的朝霞。那瑰丽的色彩,将岸上错落有致的建筑妆扮得犹如天堂宫阙。一只灰鸽张开翅膀,掠过静静流淌的河水,让它泛起了梦幻般的波纹。

我想,虽然这次行色匆匆,不能完全读懂在不息流淌中变幻无穷的莫斯科河,可是我会永远珍藏它,继续读下去的……

拉雪兹墓地的栗子

来到位于巴黎东部第二十区的拉雪兹墓地时，正是清晨，从树隙间透射的阳光投在幽静的小道上，使那些金黄色的落叶闪闪发亮。落叶在墓道间铺了厚厚的一层，走上去沙沙作响，似乎颇有弹性，更增添了墓区的安谧。此刻，习惯于享受夜生活的巴黎人，或许尚在睡梦中，只有几个外国旅游者手里拿着墓区的地图，耐心寻找长眠于此的某个令人崇敬的名字。两个中年妇女手捧鲜花，轻轻地放在一位哲学家的墓前，他的遗像前已经放了许多束鲜花，与花岗岩和铁锁链构成的墓区形成了鲜明对比。

这个公共墓地很大，年代也非常悠久。我们向清道工人打听，又寻找了好久，才算找到了巴尔扎克的墓。除了一尊神采照人的塑像，塑像前摆着的那部《人间喜剧》，他的名字以及（1799—1850）字样，这位19世纪最伟大的作家的墓地与别人没有什么差异。巴尔扎克一生只度过了51个春秋，为了摆脱家庭困境，曾做过出版商，开过印刷厂，甚至准备开采一个古罗马时期废弃的银矿。然而所有这些都以债台高筑而告失败。也正是这样，他有机会从各个角度观察和理解自己所生存的那个社会，对于人与人之间赤裸裸的金钱关系有了深刻的认识，为《人间喜剧》的创作奠定了基础。恩格斯高度评价道:“他的《人间喜剧》给我们提供了一部法国‘社会’特别是‘上流社会’的卓越的现实主义历史。”

四周静悄悄的,只有挟带着落叶的秋风,在他的墓廓上拂扫。我发现,那部摊开的大理石镌成的《人间喜剧》上,摆放着一颗红黑色的果子。仔细看去,原来是栗子。那栗子饱满圆硕,闪烁着一层油亮的光泽,真是逗人喜爱。抬头看去,附近的墓道间,除了梧桐、枫杨和雪松,确实有很多棵栗子树,成熟的果子纷纷从枝头坠落,到处都能找到。那么,究竟是谁别出心裁,以这枚秋天的果实代替鲜花,献给巴尔扎克,作为对伟大作家祭奠的呢?

不一会儿,我们又找到了作家普鲁斯特的墓地。他的墓地似乎更简单,黑色的大理石墓盖上,只安放着一个花瓶,散落着几株玫瑰花,此外别无长物。引人瞩目的是也有人用许多颗油亮的栗子,精心摆出了一行字“PROUST”,这正是他的名字。于是,这朴素无华的墓地顿时耐人寻味起来。

与巴尔扎克一样,普鲁斯特也是在51岁时与世长辞的。从35岁起,他就患有严重的哮喘病,终年生活在一间门窗关闭的房间里。足不出户的自我禁锢,竟持续了15年之久。在这15年中,他除了博览群书,便是静静的回忆,回忆童年、少年以及青年时期的经历,同时利用自己非常特殊的生活方式,写出了一部非常特殊的文学作品。长年累月囚禁于斗室,他对人生产生了奇特的理解,觉得人只有在回忆中才能形成“真正的生活”。他建筑在“回忆是人生菁华”的理念之上的小说《追忆似水年华》,终于成为法国传统小说艺术的最后一座里程碑……

我注视着栗子组成的“PROUST”,想起他高雅旷达、清新动人的作品,久久沉默,完全忘却了时光的流逝。

有人找到了戏剧家莫里哀的墓,与寓言作家拉封登的墓紧紧相邻。我来不及再去拜谒了,只远远投去敬仰的一瞥,在心里默然祭奠。这片公共墓地,有幸埋葬了法国的许多已故作家和艺术家。除了巴尔扎克、普鲁斯特,还有雨果、罗西尼、比才、肖邦……但愿他们的墓前,都有人摆上那秋天的果实,一颗或者很多颗。我想,他们需要油亮的栗子与清风明月一起,陪伴度过撒满落叶的寂静无声的夜晚。

离开拉雪兹墓地的时候,我拣拾了一捧栗子,装在口袋里。或许,这将是一种最好的纪念品。

哲人路

海德堡隐匿在密林之中,正好位于内卡尔山谷的入口处,两边是高过山丘,低于大山,绿树葱茏的冈峦。海德堡有著名的古迹,有两座15世纪的教堂,有一座1595年修建的漂亮老屋,其外表涂成红色,并饰有金色雕像,叫作“圣乔治骑士客栈”,还有古老的水榭塔楼,一座桥梁,尤其是有一条清澈、幽静,而又带点野性的小河,小河里游动着鳟鱼,蕴含着神话……

这是维克多·雨果在莱茵河游记中的一段文字。对于海德堡的描绘,已经足够了。事实上,在随处可见校舍和师生,大学就是城市,城市就是大学的海德堡,作为欧洲最早的大学之一,至少已有六百年历史,除了倚山临河的旖旎风景,更有源远流长的学术精神和浪漫情调。即使在“二战”期间,希特勒和丘吉尔也达成“君子协定”,德国不轰炸牛津和剑桥,作为回报,英国也不轰炸海德堡和哥廷根。

我们走过正在维修的内卡河桥，沿着一条弯弯曲曲的蛇行道，向山冈攀登。太阳光从葱茏的树木间投射下来。仅有一肩宽的小道上铺满了落叶，两边的碎石墙青苔斑驳，显得分外幽深，却又给人无限的诱惑。途中有观景台，可以清晰地看到对岸屹立在山岭上的城堡遗址，这里曾经是八个不同时代的王子的八座宫殿。它们相互辉映，浑然一体。外部还有九座塔楼，其中之一是书市塔楼，它曾用作梵蒂冈的选侯图书馆。1622 年，所珍藏的希腊手稿和拜占庭弥撒经本却被用作了皇家军马的垫草……

藤蔓攀绕、潮气四溢的蛇行路上，偶尔有一两个学生模样的青年轻声交谈着，匆匆与我们交身而过，这让四周显得分外静谧。不知攀行了多久，一片阳光射来，眼前豁然开朗，一条平坦的柏油路出现在脚下——这便是载入史册的“哲人路”了。19 世纪初，德国作家、诗人赫德林和艾兴多夫经常在这条山腰间的小路上散步，探讨哲理、思考人生。两位哲人作为席勒和歌德的同时代人，以充满个性的创作形成了海德堡浪漫派，流传于世。谁能想象，这条寻常的小路当年曾经承载了多少探寻的渴望、精彩的争论和厚重的思想？

我注视着与别的道路毫无二致的“哲人路”，无意中发现，路边茂密的灌木丛后，有一座别致的雕塑：一只向上伸起的手。手掌上，不知是谁写下了一行字：“你今天思想了吗？”真是发人深省，耐人寻味。

是的，今天依然有很多学者教授在这里苦苦思索、探寻。人类的命运是一个永恒的没有止境的永恒课题。也许，思索和探寻的过程，恰如我们从蛇行路抵达哲人路一样，经过了反复曲折，承受了心理考验，几乎在看不到目的地时，眼前却豁然开朗……

清澈如镜的内卡河两岸，布满了色彩典雅的建筑群，与山顶的古城堡交相辉映。河上,几艘划艇正利箭一般地划破水面,向远处射去。看得出,在艇上齐心合力的是海德堡大学的师生。他们舒展双臂,是那么的充满锐气和活力,似乎没有什么风浪能够阻拦。可以想象,对于学术的探究,他们也该是这般风采。

在别处的伊甸园

巴格达的枪炮声已经沉寂。世界的目光不再时刻聚焦于这片极有“油水”的土地。然而，不管使用怎样现代化的武器，战争总会留下创伤，最容易击碎的便是历史遗迹，有很多文物根本无法修复。这，却是全人类的灾难。

谁都知道，伊拉克南部城市库尔腊，就是《圣经》中描述的天堂所在地——伊甸园。仅仅这个名字，就能勾起我们何等美好的想象啊！伊拉克，其实是希腊语美索不达米亚（意为两河之间的地方）的阿拉伯语意译。这片由世界上最著名的双子河——幼发拉底河与底格里斯河流贯的地区，平坦而又肥沃，渺远而又神秘，盛产被称为“绿色金子”的椰枣，更因为盛产石油而被称为“世界血库”。不过，让我感兴趣的，毕竟是它灿烂的文化。诞生于两河流域的巴比伦文明，与古埃及、古中国文明一起，奏响了人类文明起源时期的辉煌交响。

在位于柏林市中心的博物馆岛上，我曾参观了由普鲁士文化基金会所管辖的佩加蒙博物馆。这座博物馆内陈列的，大多是小亚西亚海岸出土的亚述城遗址文物。古代巴比伦不仅留下了“空中花园”遗址，也留下了亚述帝国时期的王宫。它们都蕴含着耐人寻味的辉煌、神奇和失落。德国人很早就认识了这座古城的价值,简直把整个一座城市全部搬进了博物馆。

走进博物馆大门,只见那那石块砌成的宫殿、花饰精细的券门、似乎仍在呼吸的栩栩如生的雕塑、曾经引发出旷世之谜的“司芬克斯”像、威严的鹰翼人面狮身巨兽、刻在巨石上的汉穆拉比法典,以及无数精美绝伦的青铜工艺品,以无声的语言,叙说着文化的兴盛和历史的变迁,让我不能不怦然心动。

亚述,这个曾经很兴盛的古代西亚国家,在军事技术、王宫建设和泥板文书收藏方面,都足可称道。那些保存得很完整的印有楔形文字的泥板,传递的是关于古城细胞的信息,人称“刻在泥版上的不朽文化”。据说,从17世纪开始,探险家和考古学家们就从两河流域的陶器、石雕和泥版上发现了奇异的文字符号。这些楔形文字,恰恰是一种人类最古老的文字。令人难以置信的是楔形文字的破译,却是由一位27岁的德国中学教师完成的,而且缘起于一次喝酒后的打赌。他真的利用很少的资料深入钻研,获得了成功。这,足以刺激更多的德国人、法国人和英国人前往两河流域,去探寻珍宝。巴比伦城市文明走到巅峰的时候,几乎每一个角落都散发着艺术的光芒。何况,《圣经旧约》中也这样记载:“耶和华必伸手攻击北方,毁灭亚述,使尼微微荒芜,干旱如旷野。”1843年,一个法国外交官终于有机会发掘出了一座亚述城市,那儿有建立在巨大平台上的宫殿、巨形的人面狮身像和印有楔形文字的泥板。后来经考证,是国王萨尔贡二世的宫殿。这个发现轰动了整个欧洲,带动了此后几十年间西方大规模的考古活动……

一位考古学家对我说过这样一句话,让我永远无法忘记:“两河流域文明和中华文明的一个共同点，就是它们的出土文物，在西方远远比在祖国多得多。”

伊甸园并非梦幻，却在别处。

诡奇浪漫金三角

很有意思，我们是以缅甸佤邦政府特邀经贸考察团的身份，进入金三角地区旅游的。

湄公河与湄赛河的交汇处，泰国、缅甸、老挝三国边境相邻，地处偏僻。然而这片肥沃的土地，矿产丰富，物产丰盛，阳光照耀的庄稼金光闪烁，更开放着无数美丽的罪恶之花——罂粟，雪白、淡紫、嫣红，热烈而又妖冶，多年来让毒枭们获得了以恒河沙数计的美金。金三角，也就笼上了神秘而诡奇的面纱。

过打洛口岸，经“小澳门”猛腊，汽车沿着盘山公路，蜿蜒行驶在缅北掸邦高原。这片高黎贡山南部余脉伸向中南半岛的山区，河谷幽深，丛林密布，历史上一直是毒贩、土匪、豪强的出没之地。但此刻放眼望去，车窗两侧山岭叠翠，绿荫覆盖，植被保持得非常好，惟有水稻田稀稀朗朗。我们的视野内都是漫山遍野新栽的茶树，却见不到一棵罂粟。除了不是盛花季节，大力禁毒也是一个重要原因吧？

汽车不时地被关卡拦住，被武装人员盘问，查看证件和批文。由于汽车带有“SW”牌照，那是佤邦（民族自治邦）的特殊车辆。佤邦在缅甸拥有足够的经济实力和政治地位，我们的身份由他们的首领向缅政府担保，车上又有两名精通缅语和泰语的向导，一路前行，没有遇到太大的麻烦。

景栋，是缅北的一座小城，在金三角有花园城市之称。中午，我们在佤邦办事处稍事歇息，办理继续前行的手续。这是一个宽敞的院落，简陋的办公室墙上张贴着佤邦首领的大幅照片。从缅文和中文书写的通告可以看出，佤邦政府是政治、军队和经济实体三位合一的。他们禁止非武装人员过关卡时随便携带武器。

午饭前，我们在街上散步，马甲上印有“TAXI”字样的摩托车夫聚集在树荫下歇息，军用卡车载着荷枪实弹的士兵，从身边呼啸而过。然而当地人若无其事，神色平静。饭店的主人是华侨，说一口不太流利的汉语，看见我们分外热情，先是端上了一盆木瓜，随即又做了很多适合华人口味的菜肴，肉质因纯真而鲜美，令人难忘。饭店的马路对面，有一片高高耸起的墓廓。一位年逾花甲的华侨看守着祖茔。知道我们是中国人，他非常高兴，说先祖曾经是清代朝廷官员，据族谱记载，早先由内蒙古迁移到云南大理，再迁移到景栋。景栋在清朝之前一直归大理府管辖，后来才割让给英国。他们家从51代到59代先祖的坟墓都葬在这里。他没有任何职业，一辈子所做的事情就是修葺维护祖茔。提起先祖，历数他们的功绩，便眉飞色舞。

很多年以前，一场滔天的洪水造就了一片湖泊。人们逐水而居，由偏僻的村落渐渐演化成城市。如今，景栋这座临湖靠山的小城，尽管电力严重缺乏，到了晚上十点钟就不见灯火，但不断发展的边境贸易毕竟带来了繁华。街道两旁到处是鲜花和绿树，充满了亚热带风情，分外宁静、俏丽。湖岸边，有醒目的缅文警示牌，告诫人们绝不能损坏湖水和绿色植物。商店里悬挂着虎牌啤酒和电影《哈里 · 波特》的大幅广告。

雪白的鬈毛狗在街头悠闲自得地散步。骑着摩托车的男子身穿“笼裾”——长及脚踝的布裙穿梭而过。少女们的脸颊上涂抹着淡黄色的细粉，据说是为了防晒，显得别有风情。这一切都告诉我们，人们在努力营造自己美好的家园。我们去了泰语向导阿兰的家。她家是华侨，早几代人就移居缅甸了。丈夫在马来西亚工作，她和妈妈、两个孩子居住在一处宽敞的院落里，从井井有条的室内摆设看得出，家里收入不算高，但是生活安闲而康宁。

当天，我们驱车来到了湄公河右岸的另一个城市大其力。恰逢11月8日傣族“水灯节”的前夜，妇女们在屋檐下忙着做水灯。男人们已迫不及待，边敲锣打鼓，边舞动犄角高翘的水牛，在街上彻夜欢庆。身穿黄色袈裟的小沙弥，手里捧着水灯和各种供品，排队走向寺庙，向神灵祭拜。一年中，这个节日与泼水节同样盛大。有趣的是缅族在这一天里，人们对于小偷格外宽容，看见他们出入家门，拿走一些食物饮料和小东西，也只是笑笑，若无其事。我想，这是生活必需品匮乏的年月，人们的一种精神调济吧？或者，显示了民族性格的幽默？

横跨湄赛河的大其力桥，一头飘着缅甸国旗，一头飘着泰国国旗，十几米的湄赛河就成了国界。如今，桥头的不太宽敞的马路上，肤色各异的游客、沿街叫卖的小贩、琳琅满目的商品、以中、泰、缅三国文字书写的店招，构成了气氛浓烈的世俗风情画卷。手持边民证件的人们，每天都可以自由地出入。这里的商品不是以缅币而是以泰铢标价，用人民币支付，也很受欢迎。

我们每人起了个拗口的名字，取得边境通行证，跨过界河，去往湄赛小镇。这里已经离清莱府不远了。马路上行驶着高档轿车和巴士，高耸的建筑明显比大其力有气派。尽管几乎见不到什么古迹，但沿街排满的店铺构筑起了边境小镇的喧闹与繁华。除了普通的工艺品，还可以看到银器、象牙制品、玉器、佛像、青铜箭镞，以及泰文印刷的古籍，让人追寻悠远的文化渊源。镇边的山腰上，有一处规模不大的公园。站在高高的了望塔上，我眺望仅有一水之隔的大其力和湄赛，注视着手提肩担熙熙攘攘走过界桥的人们，心想，对于普通老百姓来说，安宁幸福的生活，是比罂粟花、海洛因和金元美钞重要几百倍的啊！

1950年国民党残军败退金三角，形成孤军治理下的“国中之国”，并开了以毒养军的先河，足足在金三角折腾了近二十年，使金三角的毒品生产进入了第一个高峰期。我们不想感受那一段凄凉而悲惨的往事，放弃了游览原国民党九十三师基地——美斯乐华人村的计划，从大其力驱车前往湄公河畔的天堂大酒店。尽管只有几十公里路，然而沙石路面坑坑洼洼，实在难走。越往前走，两边越显得荒凉，摇曳的茅草和杂树直逼路面，大片的田地看不见任何庄稼，不时出现的路卡却增添了神秘色彩。最后的关卡，是茅草围拥中的几间平房和一道铁栅。仔细验明证件，才准许放行。汽车转过一个弯，眼前竟意外地闪现出一幢充满了南亚风情的宾馆。错落有致的酱红色屋面，绿树掩映的平坦甬道，伸向湄公河的游船码头，令人赏心悦目。坐在敞亮的五星级宾馆大堂里，只见窗外一长排旗杆上飘扬着各国的国旗，与茂密的行道树一起，热情而又浪漫。谁能想象，这里曾是毒贩们挥金如土之地呢？

我们顾不及歇息，便坐上一艘狭长的游览船，行驶在湄公河上。这条源于中国，上游被称为澜沧江的国际河流，日夜不息地奔流，无比清澈。此岸是缅甸的农田，彼岸是老挝的村寨，近旁是泰国的集市。我想，如果没有来自各国的游客，如果不是罪恶的鸦片、海洛因，这片金三角的腹地，该是多么安谧的世外桃源！“不知有汉，无论魏晋”的意境，也许在这里才能寻觅……

晚上，人们走出宾馆，纷纷在湄公河边放起了水灯。大家双手合十，默默祈祷，愿不幸和灾难随着河水流逝，让明净的灯火给自己带来好运。每个人的心都变得那么纯净。就在这时，遥远的对岸突然有一束束升腾的烟花划破夜空，绽放出五彩缤纷的火焰，人们忍不住为之欢呼。

我怀着一份对远方友人的美好祝愿，点燃了一盏“贡菲”——火灯，那熊熊燃烧的灯火以巨大的热力，将长圆形的绵纸灯笼烘托起来，随风飘向天空，越升越高。这样的火灯，据说能飘飞几天几夜。正是月圆时分，无数盏火灯在空中移动，恍若晶亮的星星，与皓月交相辉映，给人予无限遐想。

这，才是金三角的浪漫呢。

在札幌的冰点下

从新千岁机场进入札幌，汽车摇摇晃晃的似乎是在两堵雪墙中穿行。银装素裹的屋檐下，悬挂着长长的冰凌。沿街那些如飞鱼、海豚和熊罴的雪雕，在斜阳的映射下，与从雪絮中伸出的常绿植物枝条相映成趣，使这座北国都市变成了童话般的世界。

尽管气温在冰点之下，很多女孩却穿着薄呢短裙，步履匆匆。旅游者则脱掉滑雪衫到处拍照，银色背景下的毛衣更加色彩艳丽。伸出手来，不如想象中的那么寒气逼人，不知道是否因为心头兴奋的缘故？

我们参观了北海道厅政府旧址。这座明治时代的欧风建筑，由担任开拓使顾问的美国人建成，大概是因为使用了很多本地烧制的红砖，人们干脆把它称作“红墙砖”，在茫茫雪色中耸立，十分醒目。它曾遭受火灾，内部设施全部焚毁。1968 年，在纪念北海道开拓 100 周年之际，人们按照最初的模样进行修复，陈列了大量地学、生物、考古、民族、生活史、产业史等方面的资料，成为一座博物馆，吸引无数来访者。走进历任知事用过的办公室，注视着那些简陋而不失气派的陈设，谁都不能不想象北海道 100 多年间筚路蓝缕的历程，想象它从爱奴民族与和人融合后所形成的文化特质。

让我心向往之的，毕竟是距离札幌一个多小时车程的小樽。然而哪儿想到，急于去小樽，却与中岛公园附近的渡边淳一文学馆失之交臂。作为医学博士的渡边淳一，放弃整形外科专业而成为作家，写了很多描绘男女爱情的小说，尤其是那部《失乐园》，让与社会环境差异很大的中国读者也产生了强烈共鸣。一年中有不少时间处于冰点下的札幌，给他带来的只是奔腾的情感热流。

小樽这座充满浪漫气息的集镇，十分年轻。大约在 100 年前，才随着捕捞大量鲱鱼导致的繁荣而迅速形成。群集的金融机构、酒店和商铺，使它拥有了“北海道华尔街”的称号。今天，以红砖石所建造的、充满欧陆风情的建筑，仍随处可见。

札幌一瞥

不过，最能代表小樽昔日繁华景象的，还要算数那条静静流淌的运河。

这条连接着大海、长约一公里的运河，已经终结了水路贸易的历史，如今已成为一个颇具魅力的观光景点。我在运河上的小桥边，拍摄了一幅又一幅照片。身穿日本古代服饰的人力车夫，谦恭地向客人鞠躬，然后在雪地上跑起碎步。这很能勾起人们的怀旧意识。曾经作为北海道金融、经济中心的繁荣景象的仓库，在运河两岸风貌依然，内部则已经改成了玻璃工艺品商店和餐厅。甬道上，仍然用煤油路灯照明。夕阳西下时，煤油灯一个个地被点亮，整个集镇都被朦胧的灯光所笼罩，充满如梦如幻的浪漫气息。

小樽的百年石板路确实是浪漫的。它几乎全都是由硝子——玻璃制品的商铺和工房组成的。各式地酒屋、咖啡厅穿插其间。很多硝子店铺以"威尼斯"、"西洋"、"马可波罗"为名字，销售的商品也几乎都是欧洲风格的玻璃制品、油灯、蜡烛和小首饰。不知是小樽选择了这份特色，还是它们构成了独特的小樽。这，不仅吸引无数男孩女孩的眼球，连我们这些年纪不轻的访客，也忍不住挑选了几件礼物。我看中的是一件欧式的"一帆风顺"，打算送给刚刚从德国回家探亲的女儿。没有什么能比"一帆风顺"最美好的祝愿。尽管我很明白，坎坷和磨难对于人的成长具有怎样的意义。

空中飘浮着点点雪花，落在脸上竟感到有些温暖。随之而来的是一阵悠扬的管乐声。原来，小樽的音乐盒是与玻璃制品齐名的。这里的音乐盒海鸣楼，堪称世界上最大的音乐盒专卖店，有上万个品种供人选择。有趣的是，他们还特设了手工音乐盒工房。你尽可以挑选中意的乐曲和零部件，亲手制作一个音乐盒送给亲爱的朋友。这可是世界上独一无二的音乐盒，让你对小樽的记忆保存到永久。

北海道的天气让人捉摸不定，忽而阳光灿烂，忽而阴霾满天，忽而又飘舞雪花。我们在风雪中驱车前往洞爷湖，一个为群山包围的不冻之湖。公路上，工人一边挥动旗帜指挥车辆行驶，一边把积雪清除，用管子喷向路边。司机说，眼下路况很好，假如大雪飞舞，能见度只有十几米，那开车就困难了。

从茂密松林中闪现出来的洞爷湖，其实原来是个火山口。湖水很深，所以格外碧澄。不见一片风帆，岸边的木船上覆盖着厚厚的白雪。波澜不兴的湖面上，一群灰黑色的湖鸥展开翅翮，划着优美的弧线，在空中互相追逐。也有不少野鸭，在近岸处自由自在地觅食。乌鸦在枝头则鼓噪着它们自己才能听懂的语言。

我们来这里享受露天风吕。

黄昏时分，湖畔到处是皑皑白雪，气温降到了零下15摄氏度，一批来自台湾的游客，身上无不裹着厚厚的羽绒服，还有羊毛帽子、围巾、手套，全副武装。然而转眼之间他们就换上单薄的和服式浴衣，去露天沐浴了。

日本是个多火山、多湖泊的岛国，温泉遍布。泡温泉，不仅是人们喜爱的生活方式，还形成了一种独特的文化景观。所谓露天风吕，其实是指露天沐浴，日本人称之为“泡汤”（如果用中文理解它的含意，实在令人忍俊不禁）。在天然美景之中享受温泉，是人生的一大乐趣。如果不是亲身经历，怎么也不会相信，在冰天雪地之中，居然可以露天沐浴！我们先后脱去浴衣，试探地走入浴池中，水温微微发烫，水质格外腻滑，悄然渗入肌肤的每个毛孔。一会儿便感到浑身舒畅。仔细观察，可以发现池边池底还有矿物质沉淀的结晶。也许“泡汤”确实是可以治疗某些疾病的。

不经意间，我的一位同伴已推门而出，走向室外。

定神望去，只见他赤身赤足踏雪而行，不慌不忙地走向寒冷彻骨的室外。在凉亭之下，有一眼温泉。由嶙峋山石、晶莹白雪围拥的温泉之上，水雾氤氲，融入迷离的夜色。他俏皮地抓起一把积雪，扔向远处，随即走进温泉，任雪花一片片落在裸露的后背，浑然不觉。泡了一会儿，他又站起身，像个顽皮孩子似地跳进雪堆。只见他周身肌肤红润透亮，泛起蒸腾的热气，雪花落在肌肤上顿时化为水珠，使他肌肉丰隆的身躯显得格外健美。

我注视着他的身体，不由想，假如天气晴朗，在这里披星戴月地入浴，也许更富有诗意？是的，日本人的泡温泉，恐怕也是一种悟道的方式。在与自然和谐共处之时，涤净身躯与心灵的污垢，悟通天人合一之道，这该是一种返归自然、寻找本真的良好途径呢！

酣畅地出了一身热汗，回到宾馆。晚上，洞爷湖上的呼呼风声，伴随我进入甜美的梦乡。清晨醒来，旅途的疲乏全都消散了。

与洞爷湖齐名的，还有一个支笏湖。冰雪节刚刚结束，几十座冰雕依然存留在湖畔。也许要等四五月份春暖花开才融化吧？

这些冰雕，是当地的志愿者制成的，从旁边竖立的标志牌看，好像也有企业提供了赞助。他们从 11 月下旬开始按照艺术构思设计冰雕的草图，然后用木材、铁管、网纱等组成骨架，接着用软管把湖水汲上来，昼夜二十四小时不停地喷射，使之在冰点下凝固，再加以精细的雕刻。冰雕的造型各具特色，最吸引人的却是一座座冰屋——用冰块做成的房屋。人们用冰制作成高耸的柱子，堆砌成舞台，修筑成城堡和眺望台，甚至还有雪滑梯，诱惑那些年轻人上去跌打滚爬，然后激起热烈的笑声。一座叫做蓝色影子的冰像,差不多有三层楼那么高,沿着冰制的螺旋状小路往上走,宽阔的支笏湖和远处的惠庭山,尽收眼底。

还有一件冰雕作品名为“苔之洞”。走入洞里,觉得有一种温暖潮湿的感觉。仔细一看,才明白他们是用类似松树的植物来做藓苔,简直可以乱真!但事实上冰屋内的气温真的要比外面温暖。我琢磨着,这不仅仅因为避风,也许厚实的冰块也可以隔寒吧。难怪与冰天雪地为伴的爱斯基摩人可以终年住在这样的房子里!

无意中发现,每一座冰屋都闪耀着浅蓝色。那透明得像蓝宝石一样的颜色,与众不同,十分可爱。在北海道生活了多年的一位留学生告诉我,它被喻为“支笏湖蓝”。也许,这是因为支笏湖的湖水蓝得无比澄净,无比纯粹,结晶以后不见丝毫杂色,足以个性鲜明的语言,叙述自己动人的风采。

熊,是北海道的标志性动物,人们常常在熊经常出没的地方——包括汽车车身上张贴警示标语“熊出没注意”。乃至让这条警示标语变成了黄底黑字的商标,做在T恤上和酒杯上,大行其道。在昭和新山——一座在白雪覆盖下热气蒸腾的活火山附近的熊牧场,我们果真看到了不少熊罴。当然是关闭在圈栏里的。尽管少了些野性,但在争抢苹果时它们那笨拙而又灵巧的姿态,仿佛用笔描绘出来的又圆又亮的眼睛,在白雪映衬中愈显浓密的棕黑色皮毛,终究让人留下难忘的印象。

我想,这种出没于冰天雪地的山坳里的生命,才是岁寒之友。

馆林纪闻

多多良沼的野鸟

地处日本关东经济区的馆林市，距离东京两个小时的车程，属群马县管辖，四十万人口。城市不大，见不到什么豪华的高楼大厦，然而一切都显得井井有条。他们的政府所在地，是个敞开的院落，一幢大楼，似乎不如我们的某个镇政府大楼气派，各个部门在底层大办公室里只占小小的一角。但是很讲究效率，老百姓有什么事可以直接进去办理，假如不满意，谁都能批评官员。政府大楼的门厅一角，是市民活动的地方，每周还定期请人教学韩语和中文。

刚到馆林市，当地的政府官员便陪同我们去花山町，参观一个草莓园。草莓园的经营者是一对年逾古稀的老夫妻，但他们却娴熟地运用着无土栽培技术，从营养液的滴灌、暖房温度的调节到成熟期的控制，全都由电脑掌握。从 1 月到 5 月的草莓上市季节，人们只要付 1000 日元左右，就可以进入园内，尽情地享用半个小时。

走进草莓种植园，每个人都必须换鞋，以严格保持环境卫生，这让我没想到。

小蜜蜂在枝叶间轻盈地飞舞。殷红色的草莓又圆又大，在绿叶的映衬下十分诱人。稚嫩的果实则含羞地吐露浅白色。主人端出一盒盒刚摘下的草莓，热情地请我们品尝。草莓酸甜适口，富含水分，而且丝毫也不会有农药污染的顾忌。

馆林这个拥有电子、机械和民生用品等工业的城市，确实十分重视环保。他们以市民为对象，实施了"我家的环境ISO"的制度。这项活动制度，包括了馆林市环境基本计划中的20项环境活动。每个月他们还按照不同的主题，分别开展各类吸引人的活动，例如8月份组织观察蛇沼湿原的野生昆虫，2月份去观察多多良沼的白鸟等等。为了防止地球温暖化，每月还要派专人记录下能源用量和食物垃圾的排出量，并换算成二氧化碳排出量，以教育民众，达到减少的目的。

馆林市西侧，有一个名叫多多良沼的湖泊。湖边绿荫笼罩，房舍点缀，一年四季景色宜人。如果天气晴朗，站在湖边也许还能看到富士山的倩影。每年的11月，一群群白色的天鹅从遥远的北方飞来，在这里栖息，构成了独特的景观。很多摄影家以此为题，拍摄了精美作品。当地人为拥有这么多的野生动物深感自豪。我们来到多多良沼时，正是料峭的早春，不知怎么没有见到天鹅，却有无数只野鸭在湖边迎接我们，聚合成黑压压的一片。它们或者张开灰麻色的翅膀，在水中嬉戏，或者掰开脚丫，在岸边觅食。突然受到惊吓，扑棱棱飞向空中，但转眼间又降落在湖面上，悠闲地洗涤。说实话，我没有看见过这么多的野鸟聚集，与人类如此亲密无间！

馆林市的郊区，还有一个茂林寺沼湿原，曾被群马县定为"天然纪念物"。这片天然湖泊湿地，适合野生植物生长，始终被保护得很好。湿地的中央，人们开辟了一条小路，闲暇时便来散步，与原生态的大自然对话，呼吸新鲜空气，感受生命的活力。附近的萤火虫沼，每当夏季总是有大量的萤火虫四处飞舞，在夜空下犹如无数盏移动的小灯笼，足以点燃每个人心中的童心。

“无疆福”

我在日本文学史中读过田山花袋。这位近代作家，一生在文学创作中注入了巨大的热情。他正视赤裸裸的现实，不厌丑恶，大胆揭露，追求人生的真实本质，以《棉被》和《生》、《妻》、《缘》三部曲等诸多作品享誉文坛，被称为自然主义的先驱。

没想到，田山花袋的家乡就在馆林市。这里不仅有他的纪念文学馆，陈列了他的作品初版本、给家人和朋友的书简、日记，还有他平时最喜欢使用的物品。从中不难看出他关注生活、辛勤笔耕的足迹。与此同时，田山花袋的故居也完整地保留着。那是一座日本传统建筑，绿树掩映中的房屋，移门，方格子窗户，十分典雅。不少木板上甚至还能清晰地看出年轮。这是进入田山花袋内心世界的入口。

显然，馆林市是十分关注历史文化的。除了田山花袋纪念文学馆，还有一处正田纪念馆。在日本料理中，没有比酱油更重要的调味品。而正田，恰恰是一种在日本家喻户晓的酱油品牌。140 多年来，正田总公司始终设在馆林，如今这幢建筑物不仅保存了正田的重要历史资料，自身也被定为文化遗产。

主人不无自豪地请我们参观了美术馆。那是在多多良沼的北侧，一幢为樱花、松树和修剪得起伏有致的草坪所围拥的现代建筑。春天的脚步姗姗来迟，草坪尚未泛绿，点缀着白色积雪的大片黄褐色却因为开阔，依然令人心旷神怡。馆林美术馆是群马县立的，不仅展览条件优越，馆内藏有毕加索、米罗等世界大师的作品，也有大量近代日本和外国艺术家的作品，这很不容易。

美术馆里正展出两位年轻人的装置艺术作品。毕业于金泽美术工艺大学的辻和美，毕业于东京艺术大学的鹈饲美纪，分别选择了一千多只盛水的玻璃盏和泪滴形的玻璃球，放置在地板上或悬挂在空中，排列成耐人寻味的图案，让光线从其间透射，随着明暗的变幻，显现独特韵致。

馆林美术馆外景

他们的作品主题是“光的意象”。也许，离开了光，一切一切的艺术都将不复存在，唯有源于太阳的光，能让我们的视野琳琅满目，也让我们的思想丰富多彩。

我们走进美术馆后的一间小屋。这里原本是一位法国雕塑家的工作室，他使用的铁床、道具箱、塑像台，以及粘有污垢的围裙、桌椅，都原封不动地保留着。甚至地上还残存着他滴落的油彩，来不及清除的石膏。如今，这间小屋也成了美术馆的一件陈列品。在这里阖目冥想，似乎能感受艺术家的声息，并与之作心灵对话。

晚上，馆林市市长助役（代理）设宴招待我们。席间，四位身穿华丽和服的女子用古琴演奏日本名曲，真是令人陶醉。在享受丰盛美味的日本料理时，我抬起头，发现宴会厅的墙上悬挂着两幅汉字书法，一为“无疆福”，一为“诚信通天”。遒劲洒脱的行书，古朴而又颇见功力。含意也非常好。中日两国一衣带水，文化上有很多共同点。这“无疆福”三字，不就是一个明证？

宇宙飞行士

当向井千秋回到家乡时，一群小学生围住她，纷纷好奇地问，在太空遨游是一种什么样的感觉。这位日本的第一位女宇航员说，仿佛是仙女在云层里飞翔，非常美妙。于是一位小学生作了一幅画，仙女一般的向井千秋披着彩带和鲜花，飞翔在茫茫宇宙间。

就在这幅画的旁边，我看到了中国宇航员费俊龙照片。这是不久前刚刚送到的，令人感到分外亲切。

简直是天赐机缘，与费俊龙家乡昆山市结为友好城市的馆林市，都涌现出了一名宇航员。这让两地的人们引以为荣，更增添了重要的交流话题。

向井千秋出生于1952年，从小就胆子很大，会抓住蛇玩耍，让男孩子吓得逃跑。身材纤巧，却充满了活力，什么苦都能吃。她1977年毕业于庆应大学医学系，1988年取得博士学位，专长于心血管外科。1994

年7月9日乘“哥伦比亚号”航天飞船升空，在空中滞留15天。4年后又乘“发现”号升空。在与丈夫结婚的十几年里，她一直在航天中心刻苦训练，他们待在一起的时间加起来只有两年半。

食品是宇航员在太空中维持生命的重要条件，未来的航天活动需要宇航员长期在太空中生活，如何摆脱和减少单纯从地球上带去或用飞船不断地补给食品，而在飞船或空间站内生产食品？科学家除了研究在太空中培育小麦和水稻等植物，已开始研究在太空中养鱼。向井千秋负责在航天飞机里观察动植物的生命现象。她家乡群马县的400多所中小学学生，则忙着做无重力情况下的生命科学实验。

向井千秋把4条青鳉鱼和340颗青鳉鱼卵带到了太空。在太空中，她发现鱼在失重条件下，显得更加活跃，只是分不清任何方向。上天后的第三天，鱼产下了10颗卵，过了10天，带上天的鱼卵和在太空中产下的鱼卵便孵化出小鱼。

向井千秋的故里——群马县馆林市，为这位女宇宙飞行士深感自豪，专门建造了一个纪念科学馆。科学馆不仅陈列了向井千秋的生平资料，她回故乡给孩子们上课的录像，还设立了天文台、实验室，购置了大量科普仪器，供少年儿童在动手的过程中获得知识。比如说，馆内有一个设施，能让人体会失重状态下是一种怎样的感觉，不仅孩子们跃跃欲试，连成年人也忍不住要去玩一把。这样的做法是很值得我们借鉴的。

假如到了春天，科学馆的庭园里，杜鹃林犹如火焰一般燃烧，格外艳丽。纪念科学馆馆长特意让我们看了照片。他说这里的杜鹃种子，也曾由向井千秋带上太空。

中国宇航员杨利伟飞天成功经验后，向井千秋向他表示热烈的祝贺。她说,您的首次飞行,我留下深刻印象之处,一是您在太空说,“我看到了我们美丽的家园”;二是您向全世界展示了中国国旗和联合国旗。作为同行,希望今后有机会一起在太空工作,并希望有机会在日本见面。

石头与女人的传奇
——济州岛印象

世界上很多美丽的地方,往往曾经是荒蛮之地。济州岛即是一例。

前些时候热播的韩剧《大长今》中,主人公大长今当年就是被流放到此,然后学到冠绝天下的医术,并且演绎了世界上最动人的爱情故事。

三年里,我有机会两访济州岛,一次是初夏,一次是冬末,尽管来去匆匆,终究游览了汉拿山下的不少景点,算是对它有了一些了解。海拔1950米的汉拿山,是朝鲜半岛最高的山岳。汉拿,“云汉引也”,意为伸手可及银河,足以与上苍亲昵。大约在30万年前,火山爆发造就了汉拿山,残存的能量在它周围形成了360多个寄生火山。显然是植树造林做得好,山下更是广阔的牧场。当飞机贴着宝石般湛蓝的海面飞行时,整个岛屿呈现褐绿色。

济州岛上最多的是石头,盖房子、砌围墙都是就地取材,使用当地盛产的玄武岩。有趣的是,无论在最具现代气息的会展中心,还是在通往乡村的路旁,都能看见用黑褐色石块垒成的防邪塔。塔顶的一块石头指向某个方位,据说能防止邪魔进入。随处可见的还有一个眼睛突显、鼻子粗秃的石翁仲,他的名字叫做多尔哈鲁邦。这奇形怪状的东西,是济州的象征,济州人的守护神。尽管他缺乏英俊威武的外表,在笨拙的表象下,却蕴藏着顽强的意志与智慧。

人们穿着由耐磨的葛根编织的草鞋,走在石头铺成的路上。从石头中走来,又回到石头中去。由石头构成的独特文化,养育出了一代又一代济州人。

被韩国人津津乐道的三姓穴,其实是三个呈“品”字形排列的穴坑,穴坛前有供奉三位神人牌位的三姓殿和焚香坛,四周是参天古树和铺着黑褐色火山石的林荫道。在民间传说中,三个神人“高乙那”、“良乙那”、“夫乙那”便在这里诞生的。他们分别迎娶了碧浪国的三个公主,繁衍后代,创造了耽罗国。禾北洞还保存有三射石,那是三位神人在汉拿山下放箭选定住所时的中箭之石。

济州人始终将这个传说当成史实,作为自己的精神支柱。

被松林和沙滩围绕的花津浦,是河口与大海相连而形成的泻湖。在那儿,我们参观了韩国前总统李承晚度假的别墅。如今它变成了宾馆,每一个房间都以不同国家的风格装修。四处花木扶疏,绿荫笼罩。房屋面临大海,举目望去,在蓝天之下,波光粼粼的海湾、徐徐行驶的海轮、拍打着礁岩的海涛,令人心旷神怡。历经数万年时间由贝壳和岩石风化形成的沙子,明净如雪。

朋友指着海面上一个个圆形的白色漂浮物,说那底下有海女在作业。

我不由瞪圆了眼睛,仔细观察。可惜距离太远,她们又在水底,无法看清。然而,海女冒出水面,大口呼吸时发出的歌啸般的声音,却令人心灵震撼。

海女，是济州岛女人中的特殊群体。她们从小跟随大人出海，学游泳和潜水，水性极好，身体也十分健壮。每年的捕捞季节，纷纷下海采集鲍鱼、海胆、海螺、海参等海产品，拿到岸上，洗净切成薄片，备上蒜粒、辣椒片、黄豆酱、酒等佐料，喜滋滋地向游客叫卖："措哈哟！"（韩语，好吃之意）

为了减少成本，她们身着橡皮紧身服，不带氧气瓶，潜入海下 12 米至 18 米的深处。强有力的肺活量和坚韧的耐力，可以使她们一口气在水下三四分钟，然后浮出水面口气。海水冰冷刺骨，让人针扎似的难受，手脚也不好使唤。海女们拿出了祖传的绝招：排出一点点尿液，借以暖暖身子，然后又把尿憋回，以备下次再用。

韩国朋友邀请我们去中文大浦海岸，欣赏一处奇异景象。一大片六角形的灰黑色石柱，以浪花为伴，层层叠叠地护卫着海岸。看起来像是人工堆叠，其实却是大自然的造化，是岩浆涌出地面冷却后发生的奇异现象。这是真正的鬼斧神工。岁月悠悠，50 万年过去了，灰黑色石柱依然如故，比钢铁还要坚硬的棱角丝毫也不磨损。

在那里，我又一次看到海女在劳作。

她们依靠"台瓦克"——中空的葫芦做成的浮标，浮出水面。"台瓦克"的后面系着网兜，那里是她们捕获的海产品。朋友说，随着生活方式的改变，海女已后继乏人，由 20 世纪 60 年代的近 3 万人，下降为今天的 5000 人左右。海女的年纪一般都有四五十岁了，但是无人接班，还得自己辛辛苦苦地下海。

以大海为背景的海女是勤劳而美丽的，尽管她们的脸上刻尽沧桑。她们待人热情，却躲避你的目光和照相机。她们不愿意讲述往事，不愿意别人走进她们的历史。这让人沉吟。

是的,济州岛上的女人也许是世界上最勤劳和最坚强的。无论是在海里、田间还是渔场,总是能看到她们劳作的身影。然而,让我触摸到她们内心世界的,却是两根捣衣的木槌。

在民俗文化村,人们以19世纪的社会生活为蓝本,建造了山村、渔村、官衙、学堂、集市、农田、娱乐场所和巫术场所。民房是土石和茅草搭建的。牲口棚、柴禾堆体现着实实在在的日子,腌制泡菜的大缸则安放在屋后。在这里,既可以看到身穿布衣的大婶身背水罐在忙碌,学堂里的小儿郎在勤奋苦读,也可以穿起宽袍勾鞋,在喜气洋洋的背景下作一次韩式的拜天地。

我在随处游览时,突然发现石头做成的洗衣板上,搁着两根捣衣的木槌。它们的作用,已不是拍打衣物,使之迅速涤尽污垢,而是为女人们歌吟时作伴奏。冬夜漫漫,寒风呼啸,人世间的一切都变得那么令人忧愁。她们在木槌与石板敲击的节奏中,抑抑扬扬唱起祖辈流传的歌谣,宣泄内心的孤寂与愤懑,祈求着太阳露出海面的时候,会有意外的喜悦。尽管放下木槌,她们仍然要不停不歇地操持家务。

与海为邻的济州岛女人永远是善良的。

你看,她们用一种最简便的符号,来传递关于主客交往的信息。这看起来挺原始,却透出了智慧与诚心。每家屋子的门前立有两根柱石,分别钻上三四个洞,名叫"丁囊"的搭上木棍。如果搭了三根木棍,表明主人已经出了远门;假如搭了两根木棍,表明主人外出了,今天傍晚会回家;没有木棍者,则表明主人在家,欢迎你去作客。这里,家家户户都没有锁门的习惯,当然也没有小偷。

这种独特的风俗,只有善良的济州岛女人才能延续。

今天的济州岛女人,依然勤劳而聪慧。她们喜欢以不加任何佐料的原汁原味的食物，拿出来招待客人。用刚刚捞起的鲍鱼与大米一起熬粥，在烤炉上烘烤本地特产黑猪肉，在野鸡汤里下的野荞麦面条……让人一听名字就忍不住咽口水。事实上，各种各样的生鱼片，更是美不胜收。吃在济州岛，是一句众所周知的名言。在这里还有一种说法：从汉城往返飞机去济州岛吃鱼生，所花的钱比在汉城吃还要少。很多人慕名而来，包括越来越多的中国游客。

也许，由于很多现代韩剧的男女主角都曾在这个海岛上演绎过刻骨铭心的爱情故事，这让济州岛愈加吸引年轻人。这里成为新婚夫妇蜜月的首选之地，成为男女青年为爱情山盟海誓的所在。

他们的生活方式毕竟与祖辈不同了。

身土不二

——一个韩国老人的“思索之苑”

一

汽车缓缓驶离盆景艺术苑的时候，我打开车窗，与成范永先生挥手告别。他与几位助手站在门口，很谦逊地鞠着躬。一件半旧的工作服，皱纹网络的脸与灰白的头发，凝聚着岁月的沧桑。

我无意中发现，门口的围墙上竟镌有“身土不二”四个大字。

心弦顿时被訇然扣响了。

我们是作为昆山市政府代表团，去友好城市——韩国济州市访问的。有意思的是，当地政府官员不请我们去游览成山日出峰，领略火山口的景致，也不去欣赏海边奇特的龙头岩，却特意安排我们去参观一个盆景艺术苑。

坦率地说，盆景艺术之类，在江南园林里看了很多，兴趣不是太大。出于礼节，才走进了以“思索之苑”为标志的盆景苑。尽管还是春寒料峭，不少地方尚有积雪，看到那占地3万多平方米的山林，100多种温带和亚热带乔灌树木、2000多种艺术盆栽，在瀑布、岩石和纵横交错的道路中呈现千姿百态的园林艺术，构成秀美的自然景致，竟不能不令人为之惊叹，为之感动。

要知道，这里原来并非沃土，而是荒山秃岭。到处是火山岩覆盖的济州岛，表层泥土很少，植物的生长完全不是我们所想象的那么简单。成范永，这位自称是“农夫”的奇人，足足耗费了36年时间，才一手打造出这个盆景奇观。

这是世界上独一无二的美丽风景。不，又不仅仅是风景，这里的花卉草木、水石盆景，深深融入了这位农夫的信念与理想，成为一座浸润着信仰与灵魂的精神之苑。

他用自己一生的执著，一生的智慧，一生的奉献，诠释着“身土不二”这个儒家的古训。身与土——人与大自然和谐相处，是生命最基本的不二法则啊。他善于实践，也是善于思索的。那些造型各异的艺术盆景，或雄奇遒劲，或苍茫蓊郁，或空灵逸秀，或悠闲雅致，无不寄托着耐人寻味的人生哲理。深思漫漫人生，培养心中之树，这便是他把自己全部心血都倾注在一草一木一石上的理由。

36年来，成范永不仅培育了一个盆景艺术苑，还写了一本书，书名就叫《思索之苑》。已经出了韩文版，最近将由人民出版社出版中文版。原《人民日报》总编范敬宜为此书作序，盛赞成范永坚毅执著的当代“愚公”精神。几天后，他就要飞往北京，出席在中国现代文学馆举行的首发式。

“我生于农村，又在这里劳作了30多年，是一个农夫”。坐在盆景苑的宽敞的大厅里，他用韩语和我们交谈。他说他十分喜欢中国，1996年以来，去中国访问已有26次，曾经两次到过昆山，参观了昆山的园林绿化和古镇周庄，留下了极其美好的印象。“盆景艺术源于中国，又经韩国传到日本。对中国文化,我一直怀着景仰之心”。他说着,随即又在印刷精良的盆景苑明信片上签名,赠送给我们代表团的每个成员作为纪念。“成范永”三字是用中文写的,挺漂亮的行书。

“开始的时候,确实很艰难”。回忆往昔,这位坚持“身土不二”的老人语调低沉而又平静。30 多年前,出生于汉城(首尔)附近京畿道的成范永,在汉城(首尔)经营一家规模不大的公司,做衬衫生意。1963年第一次踏上济州岛,从小就喜欢花草树木的他就被岛上原始、自然的景致深深吸引了。心里隐藏的一个夙愿,顿时被激发出来。是的,在汉城经商,一切都很顺利,家庭生活也很幸福,然而他的心里隐藏着一个绿色之梦,期待着在自己的手里,让荒蛮之地变得千姿百态,满目葱茏,永远充满春天的气息。他整个儿身心都被一个开辟农场,创造充满绿色和美的乐园的梦想笼罩了。

当年,他便说服妻子,举家迁居到济州岛,用石块搭建了简陋的住房,在风雨飘摇中开始了农夫生活。

从此,再也没有离开这片土地。

二

从上个世纪60 年代开始,面对结束了日本军国主义的殖民统治后的破败江山、荒山秃岭,韩国儿女坚持不懈地植树造林,终于打造出天蓝、水碧、林丰的锦绣家园。位于朝鲜半岛最南端的峰峦叠翠、水潺林吟的济州岛,更如一颗璀璨的生态明珠。而成范永先生创办的盆景艺术苑,则是它的标志之一。

韩剧《大长今》故事的发生地就在济州岛。这里的民俗文化村,仍然保留着电视剧拍摄现场,成为一处颇受欢迎的旅游景点。谁都承认,

“韩流”的影响不可小觑,这不仅仅包括絮絮叨叨的韩剧和金喜善、张东健等明星,泡菜和烤肉,大宇汽车和三星电子,以及韩式的服饰。然而对于韩国,我最感兴趣却满目葱茏的绿色。不论是繁华的都市首尔的汉江两岸那见缝插针的绿色,还是偏远山村覆盖着火山岩的一片片苍翠,都给人难忘的印象。

“天、地、阳光、风、云彩、雨、邻居、济州岛、祖国,这些都是我的创作动力,支撑了我30多年。希望我们的盆景艺术能够发扬光大,也希望各位能分享一个农夫的喜悦”。

质朴、深情的言语,写在印刷精良的简介上,更发自成范永的肺腑。

我们在园林里信步游览。四处绿草茵茵,曲径回绕,无数盆景以各自的身姿展示风采。一棵树的树龄已有100多年。看起来是三棵树合在一起,其实不然。它是因为树心腐朽而变空,才有了奇特的形态。树的木质部分比较脆弱,表皮部分比较结实。木质部分腐朽了,树才能有宽阔的空间,人也是要经过操劳、费心的磨难历程,才能成为宽宏大量的人。路边的标志牌,用英文、韩文和中文印刷了说明词,不仅引导人们如何欣赏盆景,也介绍了盆景的制作与欣赏方法:

“每株盆景都应该按照它自身的特征,赋以艺术构思,反复地矫形,才能使它长出理想的形状。这犹如一个人出生后,经过各种教育,经受种种磨难一样。任何美好的东西不是一蹴而就的,需要时间,需要琢磨。”

“欣赏盆景不是猎奇,而应该以认真的态度,心怀虔敬地欣赏。因为这是神秘的自然和人的艺术灵感的完美结合,经过了几十年、上百年的时间才以今天的面貌呈现在你面前。欣赏任何一株盆景,都会产生对生命的新的感悟。”

“一株百年古松，咫尺之间，身躯几度扭转，但是枝条青葱蓬勃，你能说这是对生命的折磨吗？恰恰相反，是在限制之下激发了顽强的生命力。试想，谁不是在有限制的环境下生活呢？我们应该抱怨环境的约束，还是应该学习松树的这种精神？……”

成范永还结合自己的实践，总结出了“盆栽十德”。诸如“体验自然之真理而祛除贪心”、“培养爱情、谦逊、让步之美心”、“学习创新和智慧”等等。

这是他30多年思索的结晶啊。

然而在他刚刚踏上济州岛时，整天却是苦干多于思索。

那时交通很不方便，从1963年到1968年，他从海上坐船进岛，不下三四十次，几乎考察了岛上的每一块土地，最后选择了最不发达的中部地区。济州有三多，风多、石头多、女人多。中部地区条件最差，并且没通电、没通自来水，他说要种树，周围的人都认为他是疯了。但他下定决心，今后一生要在这里靠种树生活。挂上“青原农场”的牌子，便动手干了起来。

种树要有土，济州岛却偏偏缺土。他一车车地搬走岩石，再从远处运来泥土，不论冬夏寒暑、日晒雨淋都忙个不停。当时这里没有水电，他必须储存雨水、点上灯笼工作。有时候一天要干十几个小时。这么多年中搬走的石头和运来的泥土，累计能装满六七千辆卡车。在这期间，他曾五次被石块压伤，治疗出院后，又不知疲倦地挥汗大干。跟随他来到济州岛的妻子，一度因水土不服，身体患病，不得不回到首尔家中休养。可是想到丈夫孤军奋战，实在放心不下，又来到他的身边，助一臂之力。

对成范永来说，那时候最困难的不是劳累，而是缺少资金。他常常外出打零工，挣到钱后再投进园林建设。看到树木逐渐展现美丽的姿态，他的心里感到无限欣慰。

正是如此，他深深迷恋上了盆景艺术，不能自拔。

为了提高自己的园艺水平，他遍访韩国专家，还专门去日本考察。日本殖民统治期间，把韩国的优良树木都运到日本去了。用他自己的话说，回来的感觉“好像掉在悬崖边爬不上去”。

成范永是坚韧的，也是好学的。他多方请教，不断琢磨，进行栽培实践，自创了一些新方法，终于成为一名盆景艺术家。

1992 年，他把“青原农场”改为“盆栽艺术苑”。一座精致的园林开始初具规模。他和雇用的 25 名员工一起，锲而不舍地又辛勤努力了十几年，终于，一座千姿百态的盆栽艺术苑呈现在人们的眼前。

三

韩国人曾这样描绘自己的国家：“鲸鱼群中的小虾。”但，经过半个多世纪的励精图治，名列世界上最贫穷国家的“小虾”，创造出了举世瞩目的奇迹。从一个屡经战乱的小国，崛起为亚洲四小龙之一。

我们只要研究一下韩国的国策，无论政治、经济、文化、军事，都可以感受到天行健、柔弱胜刚强、阴阳结合的周易思想————难怪韩国的国旗，是一幅意为天地交泰、水火既济的太极八卦图。

尖端的科学技术、个性化的追求、以人为本的理念以及中国传统的儒家思想，融入韩国的方方面面，而在韩国经济崛起的背后，民族精神成为一个巨大的不可忽视的支柱。

农夫成范永创造的"思索之苑"便是最好的例证。这个以绿色生命构成的艺术王国,融合天、地、光、雨之气于一体,雕琢草、木、花、果形态于一园,将人类对艺术的灵感与追求,用植物的婀娜形态表现得淋漓尽致,汇成了一首高雅的生命之歌,响亮的民族精神之歌。

"这只是实现了我梦想中的45%而已,今后,无论还有多少意想不到的困难,我将继续做下去"。他沉思着说:"你们中国有愚公移山的故事,我也希望我的儿子、孙子继承我的事业……"

他用大半生的精力和全部积蓄(甚至不惜举债)打造出来的园林,生态价值和艺术价值都很高,但是难以变成金钱。所以成范永仍是一个终年劳作的穷人。然而他正千方百计地扩大"思索之苑"的影响,吸引游客,做好服务工作,以增加收入。济州岛的行政长官对他也十分支持。毕竟这里已经接待了世界各地的贵客,其中不乏名人要员。

他笑道,不在乎别人是否承认,主要的是把自已要做的事情做完。

他认为,人们追求较高的物质与文化生活享受,也需要心灵的安宁、精神的慰藉,使身心在大自然中得到放松。自然环境有一种润物细无声的影响力。实现人与自然的和谐相处,既有利于当代人类健康的生存方式,也有利于大自然万物生灵的永续存在,在人与大自然共处中实现心灵升华。

他说,生态园林在城市建设中有它的重要地位,它是城市的重要组成部分。管理城市的政府和官员们,应该有长远的眼光,把生态艺术园林作为城市的重要财富和旅游资源来对待,做好规划和建设。同时,也需要更多的市民去建设它、保护它、发展它。他相信,不论在韩国还是中国,在建设城市艺术园林、保护环境、改善环境等方面,只要我们当代人认真做这件事,后代人能继续坚持做下去,我们共同生活的环境就一定能越来越好。

有人说“思索之苑”是世界上最美丽的庭园,是世界惟一的盆栽艺术之苑。我不太相信最和惟一之类的夸赞。一个“身土不二”的园丁,把园林艺术作为唤醒灵魂的资源,已经足矣。

世博园走笔

城市即人

走进世博会城市·人馆,莎士比亚的名言"城市即人"赫然出现在眼前。居住在城市中的我们,也常常议论城市病,也常常为出行难、住房难、资源保护难、街区改造难等等而忧愁,可是,有谁能真正理解"城市即人"的含义?城市与人究竟有着怎样的关系?

荷兰设计师考斯曼选择了世界上6个不同类型的家庭,讲述原生态的城市故事。凤凰城的一个"核心家庭",由父母和孩子组成,代表绝大多数城市家庭的模式;鹿特丹的一个"独身家庭",一个家庭只有一个人;瓦拉杜古的一个"单亲家庭",由单身父亲或母亲独立抚养孩子;圣保罗的一个"空巢家庭",年轻人外出工作,家里只留下老人与孩子;墨尔本的一个"移民家庭",家庭成员都是到澳大利亚生活的新移民;郑州的一个四世同堂家庭,则代表了中国传统大家庭的生活状况。

考斯曼用11个不同的场景表现主题,其间穿插着6个家庭的生活画面,以影像的方式告诉参观者,人们留在城市,是为了更好地生活。尽管世界上的人们生活道路各不相同,只要能找到正确的方向,就能得到同样的幸福。牛奶盒、脚手架、油漆罐、百叶窗、档案柜等日常用品，经过艺术化的处理，在展馆搭建出建设中的城市、夜市、商业街、休闲集市等各不相同的场景。

我看到，在标题为“学习”的展区，每一面墙都是由高大得必须仰视的书架组成，无数册中文、英文和其他各种文字的书籍，组成了气势不凡的书阵。书阵间安插电视屏幕，顶端则设计了一个个小楼梯，通向蓝色的天穹。书本有如此冲击力，令人始料未及。

设计者说，你可以认为这是你心目中的城市，也可以完全不喜欢。所有展品只是作为一面镜子，投射在你心里，激起你对城市的思绪和幻想，并且明白，“城市不是由物质组建的，真正组建它们的是人”。

城市建筑景观之一

什么才是宜居的城市？这其实是一个很难回答得问题。有人认为应该充满了田园风光，有人觉得应该是功能齐全，分工明确，也有人说，经济总量和建设规模才是不二的命题。很多地方的城市管理者片面追求造城速度，全然不顾城市发育自有连续的、渐进的、复杂的、精致的变化，全然不顾城市的历史文化，和人们千差万别的生活需要，结果只能导致千城一面。

我想，城市的个性发展，说到底是文化性格的传承与彰显，让人们能重新找回家的灵魂、家的感觉、家的特质。不顾一切地寻求整齐、划一、奢华、绚丽，却忽略作为城市主体的人的需求，忽略每个公民的福祉，实在是本末倒置的。当每个人都能在一个法治、公平、平等的环境中，依靠自身的努力，创造属于自己的幸福时，我们才有理由相信，这是为了让人们生活得更美好的城市。

激情的弗拉门戈舞娘

惊心动魄的音乐如潮水般涌来，涌入一个黑暗深幽的洞穴。微弱的光亮，让洞穴顶上悬挂的那些兽骨愈显狰狞。一串硕大的火球带着巨响，突然从洞壁滚过。随即，雪白的浪涛从远处奔腾而至，宣泄着不可遏止的能量。转瞬间，充满野性的动物、古老的城堡、狂热的奔牛，以及张扬个性的画家毕加索和网球明星纳达尔……一一出现在以显示屏构成的洞壁上，令人目不暇给。

这时，借着屏幕闪烁的光亮，我才发现洞穴中竟有小小的舞台，舞台上卧伏着一位弗拉门戈舞娘。随着音乐的变换，她手持折扇缓缓站起，翩然起舞。那舞蹈，那身段，柔软而又坚硬，静止而又迅变，优雅而又狂放。一昂首一顿足，无不洋溢强烈的激情，仿佛一团火焰，燃烧着自已，也燃烧着观众。

在西班牙最流行的，就是弗拉门戈舞，它与斗牛并称为两大国粹。

1875年,法国文豪普罗斯佩·梅里美以西班牙为背景的小说,被作曲大师乔治·比才改编成歌剧《卡门》。“她的艳丽中带着狂野的气息,她美丽的脸庞让你惊艳,即使匆匆的一眼仍令人难以忘怀,尤其她眼神中散发出的强烈欲望带着狂放不羁的危险感。不!那不会是人类的眼神!没错!吉卜赛人的眼睛就像是狼的眼神……”眼前这活力四射的弗拉门戈舞娘,让人真切地感受到梅里美描绘的准确。

走进世博园三天,看了几十个展馆,像西班牙馆这样恣肆彰显民族个性的,还是第一家。你看西班牙馆的外形,犹如一件巨大的藤编艺术品,脱颖而出,绝不会被四周千姿百态的建筑所淹没。人们纷纷以此为背景照相,并极富创意地将它称作“藤篮”、“卧虎”、“野牛”。可是我觉得,把它比喻成风中飘动的“弗拉门戈裙边”,才是最形象的。一座成功的建筑,是一件立体的艺术品。它最大的魅力,就在于能激起参观者无穷的想象力。

令人意外的是西班牙馆把想象力和激情倾注给了孩子。展厅中,几个各种肤色的宝宝影像,奶声奶气地用西班牙语和中文向游客说:“你好!”一个足有六米多高的机器婴儿“米盖林”,逼真地模仿孩子的各种表情,成了西班牙馆的形象代言人,十分逗人喜爱。这个象征城市未来的形象,居然也和弗拉门戈舞娘一样,给人以震撼。

今天的西班牙人,或许是世界上个性最鲜明的民族。在他们的身上,有吉卜赛人自由率真的性情,有古罗马王族华贵绚丽的气质,有沙漠游牧民族狂放不羁的姿态,有抗击异族入侵而形成的坚毅不屈的心志,更有追求现代高科技生活的睿智和理性。激情的弗拉门戈舞娘,借助于音乐和视频,把西班牙的民族个性传递给了我们。

名著的光芒

在上海世博园内，不是以城堡、古塔或者高科技的影视手段，而是以文学名著来标志国家形象，丹麦馆无疑获得了最大的成功。安徒生笔下的小美人鱼，在哥本哈根海港守望了100年之后，来到上海，俨然成了大明星，让丹麦馆门口的队伍越排越长。

丹麦馆设计师雅克·英厄尔斯认为，小美人鱼已经变成中国文化的一部分。在中国学校教科书中，居然有三篇安徒生童话，小美人鱼的故事，家喻户晓。他说，让13亿中国人在真实生活中体验到小美人鱼，这是一件多么令人激动的事！

100年来，丹麦雕塑家爱德华·埃里克森制作的小美人鱼雕塑，成了丹麦的国宝。她所传递的文学力量，早已超越国界，不知融入了世界上多少人天真无邪的童年。将小美人鱼运往上海展示，是对文学名著的尊重，也是对无数酷爱安徒生童话的读者的尊重。

今天依然能闻听枪炮声，局势颇不稳定的伊拉克，也在上海世博园展示了古巴比伦的文学风采。伊拉克馆的正门，模拟了著名的巴比伦城门，高大的蓝色拱门上雕刻着金色的神兽。踏进门，就可以看见一组雕塑，那是阿巴斯王朝山鲁亚尔国王正屏息静气地谛听桑鲁卓王妃讲故事。在外墙和入口处，我们不难发现童话故事《阿拉丁神灯》的图案。展馆内，更有令人喜闻乐见的《阿拉丁神灯》、《阿里巴巴和四十大盗》等童话故事的展板和动画片。

尽管在这片几乎每寸都有古文明见证的土地上，由幼发拉底河和底格里斯河孕育的伊拉克文化，早已被战火重创得遍体鳞伤，人们对于文学的热爱，仍让人心里发热。

城市建筑景观之二

爱尔兰馆,以图片形式展示了爱尔兰从石器时代开始的文化精华。世界上最大的巨石石刻集群——纽格莱奇墓巨石圈、有着6000年历史的普纳布隆史前墓室牌坊、3000年以前的敦安格斯入口、1000年之前建成的圣麦克达拉小教堂、至今已经800多岁的克隆夫特大教堂,以及都柏林的最新地标竖琴桥,一一呈现在我们面前。但是,他们没有忘了这个国家的骄傲——文学名著《尤利西斯》,特意在重要位置介绍作家乔伊斯。而在德国馆,则不仅将歌德的《浮士德》、格拉斯的《铁皮鼓》等等做成醒目的书籍造型,还给参观者提供名著的朗读录音,让人用简便的方式聆听。这,同样给人以无限的亲切感。

文学,自有其厚重的历史承载和庄严的时代使命。当市场经济的大潮席卷而去,作品越来越多地进入快餐式消费,大量名著被尊贵地冷落，读者不知道去哪儿寻找共鸣时，文学名著在世博园内散发的光芒，却让人眼前一亮。

任目光触抚的时代

去法国，与奥赛博物馆失之交臂。没想到，在上海世博园法国馆，却得以近距离欣赏罗丹的雕塑《青铜时代》，目光触抚这件奥赛博物馆珍藏的国宝，心跳便加快了。

创作于1876年的《青铜时代》，说白了是一具完美而健壮的男子裸体雕塑，手法很写实（那个男模特儿名叫奈伊），标题则是抽象的——"青铜时代"，令人想到几千年前的石器时代或玉器时代。他左手握拳，右手扶头，脸部昂起，作思索状。右腿轻轻地踮起，欲迈未迈。一双眼睛似乎带着朦胧的睡意，但身体是伸展的，肌肉线条分明，准备走进黎明时分的世界，于是整个雕塑充满了青春活力。也许正如罗丹所说，他"缓慢地从深深的梦乡里苏醒"，雕塑就有了丰蕴的内涵。

据说最初的名字是《人的觉醒》，后来冠以《青铜时代》，意味着整个人类正从蒙昧、野蛮的状态中解脱出来，体魄开始苏醒，准备迎接渐行渐近的文明曙光。

罗丹出生于巴黎的一个贫困家庭。恰如这具裸露的身躯充满了苦与乐，他在艺术之路上演绎的也同样是生命的悲喜剧。作为一个生命的寻求者，罗丹以超乎寻常的感官、充满灵性的工具与难为人知的情愫，创造出雕塑史上从未有过的东西。原始的英雄时代，人们总是赤裸的。在这里，只有躯体是惟一可以任无数目光触抚的真实。哪怕作品在美术界内外引起轩然大波，受人谴责，甚至被拒绝展览。

“罗丹是一个诗人，一个预言家，一个在艺术上严肃的工匠，以农民的方式工作，就像画家米勒一样亲近泥土；一个自然的人，从自然中带来了倔强的性格；一个备受赞扬和忧伤敏感的人，一个不健全的人，一个病态地紧张的人，就像海涅一样自省；一个热爱生活并富于幻想的人；一个波德莱尔的阐释者，抓住了但丁的‘神性’，用他的激情直接表现自然的人；一个精神备受折磨，将韵律灌注到作品之中的雕塑家。”

“他是一个天才，是一个忧郁的、神奇的、具有一种顽强力量的人。”

《罗丹笔记:他的生平和作品》的作者朱迪丝·克莱代尔，用这样的文字来解读“近代雕塑之父”罗丹，每一句都很精准。

《青铜时代》这件用18个月创作的雕塑，已经在世界上苏醒了一个多世纪，被欣赏着的目光触抚了一个多世纪。时至今日，我们却不能不心生杞忧，在物质文化被疯狂追求之际，艺术品对于人类能否还有如此重要的启蒙作用？进入商品社会后，艺术品的价值形态在分裂，它能否回复到艺术的本体？德国思想家、剧作家席勒关于“人们只有通过美才能走向自由”的论断，今天仍有意义吗？

我再一次用目光触抚《青铜时代》，发觉他的眼神有些沉重。

成为城市的乡村

走进世博园区，面对光怪陆离令人目不暇接的建筑物，我忽然想，这座集世界文化精华的城市之林，原本其实是乡村。若干年前，这片南浦大桥和卢浦大桥之间的滨江地区，四处阡陌纵横，牧歌炊烟，摇曳着稻禾的绿荫与清香。

细数这个星球的城市，哪一座不是由田园乡村渐渐演变而成的呢？

是汽车的轮子碾出了四通八达的通衢大道,又驼来了一座高似一座的摩天大厦。人类的伟大,或许就在于能按照自己的意愿,构筑让生活更美好的家园。

我曾考察过几处良渚文化时期的古城。从那些被誉为“中国的土筑金字塔”的土台中,发现了大片夯土层、夯窝和成排的柱洞,以及供祭祀所用的土坑。4000 多年前,这里有宫殿,生活着王和贵族,外围有城墙或护城河。城墙,是氏族社会和文明社会区别的重要标志。所以汉字“国”外面有一个框。那时候,一座城就是一个国。人类灿烂的文明之花,就这样萌发了。

我们有幸生活在一个特别的时期,在短短二三十年间,亲眼看着城市走过了千百年才能走完的路程。今天,尽管对于城市过份膨胀的抱怨声不断,依赖互联网,人们在家里就能工作、购物、通信、享受完美的娱乐活动,但不断扩张的城廓仍毫不犹豫地吞噬着乡村。被城市化了的乡村,早已没有田畈、沟渠、竹园和风车,没有了农民,至多保留一个地名。精心修剪的绿色植物难免浸染汽油余烬,夜以继日的喧嚣则代替了鸡犬之声。不知道 50 年后,相互衔接的“长三角”城市群之间,还有没有乡村?

一个朋友告诉我,他在省城读大学的儿子,回来时竟然找不到家了。整个村子在一个月内被夷为平地,规划建造立交桥。他们家住进了公寓楼,有车库,却没有置放农具的场所,艰难地适应什么都要花钱买的日子。那天他请儿子在餐馆吃饭。本该属于家庭的餐饮,如今公众化了。走进餐馆的大堂,可以看见聚集在一起的人们你敬我让,杯觥交错,脸红耳赤,手舞足蹈。弥漫着菜肴香气的欢声笑语,颇有气势地飘向夜的深处……

而我，这些年早已习惯了开车上下班，习惯了看见满街陌生的脸孔，听见难以听懂的口音，也习惯了品尝来自他乡的食物。谁也不能不承认，城市是杂色的，多元的，纷繁的，足以令人在喧腾和紧迫中焕发活力。但，没有了大片金黄色的油菜花、黑白相间的蚕豆花和绿得像翡翠似的麦苗，却让人彻悟，这就是代价。

永远的孤城

我们的汽车在狭长的戈壁滩上足足行走了两个小时，唯见荒凉的砂石冈和盐碱沼泽地，没有任何建筑物，没有行人，也没有一抹绿色。就在无限的沉闷中，一座以黄土夯筑而成的关城闪现在视线里。怎能相信，两千多年以前，这里是丝绸之路上通往西域的重要关卡，每天驼铃悠悠，商队络绎，使者往来，一派热闹气象……

一阵夹带着砂砾的风，扑打在脸颊上，让我不得不眯拢眼睛。面前，这黄褐色的四方形城堡，与想象中的古关雄姿相去甚远，却又是那么逼人的真实。

玉中至宝“和田玉”从这里源源输入中原的情景，已不复存在。孤城在荒漠寂野间享受着千年孤独。陪伴它的，只有无边的罡风和沙石，以及王之涣的那首《凉州词》：“黄河远上白云间，一片孤城万仞山。羌笛何须怨杨柳，春风不度玉门关。”每一句，都是用冰雪和沙砾写成的。古往今来，没有哪首诗，能把玉门关的孤独写得如此决绝。

放眼看去，关城北部曾有的沼泽已完全干涸，只留下一道道纵横的沟壑，稀疏寥落的几株胡杨，几丛红柳，愈加勾勒出天地的苍凉。汉长城的遗存，在平沙莽野间断断续续地蜿蜒，诱人想象它昔日雄壮的身姿。兀立的烽燧,当初是候长、燧长们点燃烽火狼烟的所在,让敌寇望风怯步,如今也只剩下守望孤独的躯壳了。

我走近玉门关关城,一再地用照相机拍摄,又站稳脚步仔细观察。依稀可见干枯而坚硬的植物,从它剥落的墙土里露头。当初,这城墙是人们用芦苇、罗布麻、红柳、胡杨等植物,与沙土砾石一起,一层又一层夯筑而成的。世界上,还有什么建筑比它更简陋的呢?然而,盐碱、风沙以及无坚不摧的光阴,都只能侵蚀它的躯壳外表,却无法摇移它的根基。玉门关,用一种独守天涯的精神,支撑着自己的生命,度过了漫漫两千多年岁月的啊。

谁说它只是一砣没有表情的泥土?我暗忖,在把中国的丝绸源源不断运往西方,把西方的音乐、宗教以及葡萄、石榴、核桃、苜蓿等等传入中国的辉煌岁月里,玉门关并无骄奢之意,到了今天,日夜与萧瑟荒凉为伴,它没有丝毫萎靡。这,不能不令人思量它一以贯之的坚韧信念。

然而,对于古城而言,任何感慨和赞美都是多余的。

位于敦煌城西北 90 公里外的戈壁滩上的玉门关故址,如今已不再是生离死别的象征。一条新辟的公路筑到了它的近前,总是有专家学者前去览胜探古。在路边,我无意中发现了人们开辟的一畦菜地,精神顿时为之一振。茄子、西葫芦、青菜,长得那么生气勃勃,生意盎然,让你无法相信这里是长年干涸的荒漠。

不正是它们,把温熙的春风引入了玉门关?

不正是它们,让孤城得以永存?

敦煌 20 点钟的阳光

初夏，在古城敦煌，沙漠和戈壁滩富含紫外线的阳光照得很爽。晚上 8 点，也就是 20 点钟，太阳仍明晃晃地悬挂在天边。夕阳的余晖涂抹在市政广场的一块巨石上，“实心石意”四个大字耐人寻味。四周，人们或闲坐聊天，或挽手散步，或凝神看报。一群孩子追逐着笑声，把滑轮完得很娴熟，一对打扮得一模一样的双胞胎女孩，正清脆地背诵唐诗。一直到晚上 22 点，敦煌人仍悠闲地逛街，而年轻人此时去鸣沙山，驾着吉普车或沙地摩托，在暮色中疯狂地冲上沙丘，那才真正是刺激。

街道两边的机关、商场、宾馆多为仿古建筑，灰黄的戈壁色或沙漠色，玻璃橱窗里，陈列着敦煌出产的黝黑的夜光杯，华丽的地毯和大大小小的布骆驼。取材于莫高窟的飞天和伎乐舞女的图片和雕塑随处可见。这里没有拥挤、喧闹、嘈杂，甚至马路口的红绿灯都不用读秒功能。注视着路边几个老人安逸而韧长的神色，我突然领悟，为什么在这缺水的地方，人们甘愿像胡杨林一样，世世代代地与沙漠为伴？先人们为什么要献出自己毕生的智慧，旷日持久地将莫高窟构筑成如此辉煌的佛教艺术殿堂？因为，敦煌独有的和谐与宁静，让人心无旁骛。所有的志趣和理想，都倾注成了绚烂的色彩……

一个年轻人自豪地告诉我，好多同学上北京上海，去深圳海南，他却只愿留在敦煌。敦煌拥有恒久的历史文化，这些年城市发展也很快。他又说，你想知道什么是人人参与的夜生活吗？不妨到沙州市场看看。这里有风味小吃、工艺品、土特产品经营区，有“三泡台”茶座，可以悠闲自得地品茗，也可以尝尝当地的臊子面、浆水面、馅儿饼、羊肉串。带一些鸣山大枣、紫胭桃、香水梨或者莫高窟塑像、壁画的复制品回家，也是一件颇有意思的事情。在购物的同时，不难欣赏地道的敦煌民俗。也许，为了招徕生意，摊主还会讲个把丝绸之路上的动人传说呢。

我却选择了剧场。正在演出的杂技剧《敦煌神女》，是用超现实的飞天，来张扬敦煌这个旅游城市的形象。古人说：“敦，大也；煌，盛也。”将漫漫丝绸之路引向西域的敦煌，只存留在史册与往昔的记忆里。今天的人们，依靠自己的智慧和勤劳，使这片土地愈加富饶、神奇而诱人。难怪有人说，从故宫能读到风云变幻，从苏杭能读到琴棋书画，而从敦煌能读到人世的沧海桑田。

敦煌20点，明晃晃的阳光落在我的眼睫上。徜徉在市政广场，我想起白天穿越过的无穷无尽地伸向远方的戈壁滩。戈壁滩与蓝得干净、蓝得深邃、蓝得可爱的天空连接在一起，那一条笔直的路，就是天路了。每个人置身于恢宏壮阔的天地之间，目光都会放得很远很远。荒漠戈壁间常常可以见到海市蜃楼，若隐若现，虚无缥缈。然而，古城敦煌给我的一切，却如无限富足的阳光，是那么的真实，那么的澄澈。

触摸深圳的根

来到深圳东部海滨的大鹏所城，进入古色古香的城门，漫步间一抬头，就能看见一座将军府邸。尽管窄街深巷，小门小窗，却无不镌有“将军第”的匾额，令人肃然起敬。这座始建于明洪武二十七年的南中国海防军事要塞，曾诞生过赖氏“三代五将”、刘氏“父子将军”等十几个将军，因而享有“将军村”的美誉。陪同我们参观的女规划师杨总，步履矫健，一会儿登上城楼，一会儿进入厅堂，极其内行地介绍所城的景观，谁也看不出她已年逾七旬。她说，作为移民城市的深圳，从明代洪武年间就开始了。大鹏所城是“鹏城”的根。

原来，大鹏所城是朱元璋卫所屯垦制的产物。大鹏半岛，山势险峻，是古代广东海防路进入广州的必经之地，也是倭寇、“番夷”海上来往活动的必经之地。修建这种临海的军事化堡垒，无疑有其独特的作用。最值得一提的，要数守卫大鹏所城的赖恩爵将军所取得的鸦片战争首战——九龙海战的胜利，这是深圳历史上最辉煌的一页。那时候，大鹏所城内的居民大都是来自五湖四海的军户。他们有的从家乡携来眷属，有的娶当地女子为妻。附近的土著人和渔民也都前往所城赶集，很快形成了东门街、南门街、正街三条主要街道，真可谓人来人往，车水马龙，一派繁荣景象。后来，所城内陆续建起了县丞署、参将署、军装局、火药局、屯仓等机构，以及天后宫、赵公祠等宗教场所，至今遗迹犹存。

让我颇感兴趣的是这里保存着一种名曰"千音"的独特语言。"千音"，类似于今天的普通话。600 年前，来自天南海北的军士与军属足有 2000 多人，在一个狭窄的空间生活，彼此免不了进行语言沟通，经过一定时间的磨合与培育，所城内流行的"军语"就自然而然形成了。语言学家称之为"军语方言岛"——独立于语言海洋中的小岛。大鹏所城的"千音"，显然是一种语言活化石，很有研究价值。到了今天，深圳从一个边陲小镇发展成为具有一定国际影响力的新兴现代化城市，移民人口超过了 1000 万，有着形形色色、千差万别的方言，人们不能不选择普通话或英语交流，则形成了新的时代特征。

我们走进了南门街上的刘起龙将军第，一座清代中叶的四合院建筑。刘起龙于清嘉庆八年授平海营右哨把总，后升为千总、守备、镇标游击、参将、协副将、总兵，道光六年升为福建水师提督，道光十年巡洋时在海上遇难。看得出，这是保存得最好的将军第，三进三间，二厅一天井六厢房，整体布局如旧。赖恩爵"振威将军第"，始建于清道光年间，为道光皇帝赐建。整个建筑规模宏伟，气势摄人，梁木粗大而排列密集。走进大门，墙上赫然书写着"还我祖愿"四个大字，强有力的笔锋透现出超越时空的呐喊，将人心灵震撼。

大鹏所城拥有 10 万平方米的明清民居建筑群，雄伟庄重、风格古朴的南门、东门和西门保存完好，青石板铺就的小巷狭窄蜿蜒，宁静古朴。然而，西门上尚有民居盘踞，东门上甚至开着一家饭店，文管会的人也会去集餐，还有大量古建筑乏力修缮，这不能不让人感到遗憾。同行者多为规划师和文化学者，对此颇有微词。时过境迁，所城早已失去了要塞的作用，地处偏远，很少有人来到这里，作为旅游胜地难有可观的门票收入，保护文物却必须多加投入，这就显得捉襟见肘。但我相信，深圳人一定会竭尽全力，保护好移民城市这条文化之根。

图书在版编目(CIP)数据

幸福的计算法:都市文化心态/陈益著. —上海:学林出版社,2012.4
ISBN 978-7-5486-0323-8

Ⅰ.①幸... Ⅱ.①陈... Ⅲ.①散文集-中国-当代
Ⅳ.①I267

中国版本图书馆 CIP 数据核字(2012)第 049893 号

幸福的计算法——都市文化心态

作　　者——陈　益
责任编辑——解永健
封面设计——周剑峰
出　　版——上海世纪出版股份有限公司
学林出版社(上海钦州南路 81 号 3 楼)
(电话:64515005　传真:64515005)
发　　行——上海世纪出版股份有限公司发行中心
(上海福建中路 193 号　www.ewen.cc)
印　　刷——上海港东印刷厂
开　　本——890×1240　1/32
印　　张——8.25
字　　数——18 万
版　　次——2012 年 4 月第 1 版
2012 年 4 月第 1 次印刷
书　　号——ISBN 978-7-5486-0323-8/I·59
定　　价——20.00 元